Dans un jardin anglais

Du même auteur

Un bonheur mortel
L'Olivier, 1991

Les confessions
de Victoria Plum
L'Olivier, 1993
« Points », Seuil, 1995

ANNE FINE

Dans un jardin anglais

Traduit de l'anglais
par Dominique Kugler

ÉDITIONS DE L'OLIVIER

Titre original : *In Cold Domain*

ISBN 2.87929.072.4

I

1

Deux petits pois dans la même cosse

« Nous allons arriver tôt. Ça nous laissera le loisir d'admirer le projet de déforestation de ta mère. »

Tout en parlant, Caspar ne quittait pas des yeux les voitures engagées sur le rond-point. Ce qui dispensa William de sourire. À tout autre moment cette réflexion l'eût amusé. C'était l'une des raisons qui l'avaient retenu auprès de Caspar : les jours de cafard, il avait le chic pour déguiser la vérité en plaisanterie et l'envoyer, ornée de ces falbalas, mettre un peu de lumière et d'animation dans ses sombres pensées. Mais son rêve de la nuit précédente était encore trop imprégné de réalité. William avait gardé dans la bouche le goût de l'air glacé, il sentait encore le froid sur sa peau, tandis que, dans un clair-obscur d'hiver bleuté magique, il ouvrait le portail du Domaine et voyait le jardin tel qu'il était autrefois.

La grosse voiture de Caspar amorçait maintenant le dernier virage.

« Qu'est-ce que ça va être aujourd'hui, d'après toi ? Les paris sont ouverts. »

William n'osait y penser. La dernière fois qu'ils étaient venus, c'était la rocaille qui avait disparu. « Une cochonnerie. Impossible à désherber. Et les gens trébuchaient constamment dessus. » La fois d'avant, la vigne vierge. « Non, elle était morte, mon chéri. Complètement morte.

– Mais, pas plus tard que l'été dernier tu te plaignais qu'elle envahissait les fenêtres. »

Sa bouche s'était plissée en cul de poule.

« Non, mon chéri, tu te trompes. La vigne vierge était morte depuis des années. »

Caspar posa une main sur son genou.

« Courage ! Prends sur toi. »

Il essaya. En franchissant le portail, il releva la tête et prit une profonde inspiration. Trop profonde sans doute : Caspar lui lança un regard suspicieux.

« Tu pleures déjà !

– Mais non, pas du tout. »

Caspar était sans conteste un excellent conducteur. En une seconde, il avait passé la marche arrière et reculé jusqu'au petit chemin.

« Tu crois qu'elle nous a vus ?

– Non, elle ne peut pas nous voir tant qu'on n'a pas dépassé le lilas.

– Quel lilas ? »

Quel idiot ! Le lilas avait disparu depuis longtemps.

« Oh, écoute ! Laisse-moi une minute et je vais me ressaisir.

– Prends ton temps. »

Caspar sortit de la voiture et alluma une cigarette, puis il s'accouda au capot et, à travers le pare-brise, regarda longuement

William qui se mouchait et reniflait, se remouchait et reniflait. Caspar ne comprenait pas pourquoi William ne renonçait pas une fois pour toutes à ces insupportables visites. Il avait abordé cette question quelques nuits plus tôt, alors que William entamait son éternelle litanie : « Il faut vraiment que j'aille la voir. Je n'y suis pas allé depuis des mois. » Exaspéré, Caspar avait roulé à l'autre bout du lit. « Et alors ? Si elle veut te voir, elle ne peut pas se donner la peine de venir ?

– Ici ?

– Pourquoi pas ? »

Pourquoi pas, en effet ? Il y avait une chambre d'amis très confortable. Les cloisons étaient assez épaisses. L'appartement de Caspar n'avait rien d'incongru : ni ornements extravagants, ni fanfreluches, ni accessoires en cuir, pas non plus d'amis interlopes entrant et sortant à des heures indues.

« De toute façon, elle peut très bien se passer de toi. Elle a Barbara.

– Oui, eh bien justement. C'est pas très sympa pour Barbara.

– Elle s'en fiche, Barbara. Et si ce n'est pas le cas, elle peut toujours te demander de prendre le relais. Ou demander à Tory. Ou à Gillyflower.

– Oh, je vois. Non seulement Monsieur sait tout sur tout mais il est aussi expert en ce qui concerne ma famille ! »

Là-dessus, il y avait eu la grande scène suivie de la trêve sans paroles. William fit durer l'une et l'autre aussi longtemps qu'il en fut capable et jusqu'aux limites de la patience de Caspar. Ensuite seulement ils passèrent à la baise déchaînée du repentir et enfin à la sérénité triomphale. Pas de doute, pour l'exercice du despotisme affectif, William tenait bien de sa mère. Deux petits pois dans la même cosse. Mais Caspar n'avait pas besoin de rester collé au flanc chaud et rutilant de sa Rover pour dissimuler son désir aux yeux de Mrs Collett. Tout en se tortillant pour soulager l'inconfort de sa position, il lança à William un coup d'œil plein d'espoir à travers le pare-brise. Il eut pour toute réponse un regard noir, terrible. Le moment était sans doute mal choisi. Mais Caspar n'y pouvait rien : il était né comme ça. Tout ce qui rebutait les autres – larmes, reniflements, hoquets, toussotements intempestifs – l'excitait toujours au plus haut point.

Il fit une ultime tentative.

« Tu veux qu'on retourne jusqu'au terrain vague ? »

William fit celui qui n'avait pas entendu. S'enfonçant un peu plus dans son siège, il renversa la tête. Détends les épaules. Expire lentement. Prends ton temps.

Le bruit des petits pas pressés s'approchant de la voiture les surprit tous les deux. Elle avait dû descendre l'allée au pas de course, ou les guetter de derrière l'un des rares buissons en sursis dans ce qu'il restait des massifs.

« Alors, William, on joue à cache-cache ?

– Non, pas du tout. » En un clin d'œil, William fut droit comme un *i*. « Caspar essaie de faire croire qu'il a arrêté de fumer. Il a voulu prendre une dernière bouffée ici avant de tomber sur Barbara. »

Se sachant hors de vue de Mrs Collett, Caspar secoua la tête avec étonnement. Il était toujours surpris par la vivacité d'esprit dont William faisait preuve en présence de sa mère.

« Tu es tout pâle, mon chéri.

– Non, pas du tout.

– Tu aurais pu te laver la figure. »

Allait-elle tenter sa chance ? Lancer à Caspar un de ses aguichants sourires de conspiratrice et essayer de le forcer à lui donner raison – « Vous ne trouvez pas, Caspar ? » – pour infantiliser un peu plus son fils ? Remarquant le petit geste de la main amorcé par William pour essuyer docilement les traînées de larmes sur ses joues, Caspar eut terriblement envie d'attraper Mrs Collett par son indéfrisable aux reflets d'acier et de la secouer comme un prunier. Ou de secouer William. Pourquoi ses sœurs et lui toléraient-ils cela ? De deux choses l'une : ou leur mère était folle ou elle était simplement insupportable. Et si elle était folle, comment pouvait-elle encore avoir sur eux un effet aussi désastreux ? William avait presque trente ans, tout de même. Barbara allait sur ses quarante. Et tous deux vivaient leur vie, avaient des amis et un travail. Comment ce tyran surgi de leur enfance pouvait-il encore réduire l'un de ses enfants à bêtifier au téléphone et l'autre à sombrer régulièrement dans des crises de larmes ? Pourquoi n'adoptaient-ils pas la conduite que lui-même et la plupart de ses patientes avaient choisie face à des parents moroses, méchants, détraqués et rabat-joie : se faire une raison ou se faire la malle ?

Mais pour l'heure, il valait mieux lui venir en aide avant qu'il ne se mette à pleurer.

« Bonjour, Mrs Collett. »

Remarquable, l'impolitesse de cette femme qui faisait comme s'il n'était pas là tant que ça l'arrangeait.

« Bonjour, Caspar.

– Quelle belle journée ! Vous avez dû être bien occupée dans le jardin. »

Manœuvre réussie. Elle se décida à extraire sa coiffure figée de la fenêtre de la portière, laissant William respirer.

« Pas mal, c'est vrai. J'ai consacré pas mal de temps à ces arbustes. Ils sont propres et nets maintenant, n'est-ce pas ? »

Squelettiques, voilà comment ils étaient. Presque entièrement dépouillés. Il n'en restait pour ainsi dire rien. Avant, on ne voyait certainement pas d'ici la fenêtre de l'arrière-cuisine. Caspar ne connaissait pas très bien le jardin, mais il était sûr qu'il y avait un arbre ou un buisson près de ce...

« Maman ! Où est le *philadelphus ?* Tu l'as coupé ?

– J'ai été obligée, mon chéri. Il avait gelé.

– Gelé ?

– Pendant la vague de froid. J'espérais qu'il reprendrait, ton père l'aimait tellement. Mais il n'a pas tenu le coup.

– Mais enfin, tu aurais pu lui laisser une chance. Cette vague de froid, c'était il y a quelques semaines à peine ! »

Les lèvres de Mrs Collett se froncèrent comme si elles réagissaient à un stimulus.

« Tu as fait tout ce chemin pour critiquer ? »

Caspar était sur le point d'intervenir à nouveau lorsqu'il aperçut Barbara dans le virage de l'allée. Elle venait d'écraser sa cigarette et accélérait son pas dandinant. Oh, cette chère Barbara ! Qu'elle approche et vienne faire la preuve de ses talents professionnels si durement acquis. Qu'elle vienne calmer les esprits avant l'explosion.

« Notre William ? Critiquer ? Ça m'étonnerait de lui !

– William me fait la morale parce que je me suis débarrassée du *philadelphus*. Comme si ça n'était pas assez pénible comme ça. C'était le préféré de ton père, tu sais. Chaque année, quand il était en fleur, il me disait : “Ça y est enfin, Lilith. C’est vraiment l’été.”

– C’est pas cette année qu’il aurait pu te dire ça », commenta William d’un ton maussade.

Mais Mrs Collett en avait assez. Son ton coupa net la discussion comme son sécateur eût coupé quelque branche indisciplinée dans ce qu’il restait de ses massifs.

« Eh bien il n’est plus là, maintenant. Alors inutile d’épiloguer. »

Sur ce, elle fit volte-face et fila comme une flèche vers la maison, feignant de ne pas chercher à savoir si l’un d’eux lui courait après. Caspar poussa un profond soupir, se détacha du flanc de la voiture et contourna la portière ouverte pour s’asseoir au volant. Il mit le moteur en marche et attendit, avant d’avancer, que William et Barbara aient conduit leur mère assez loin dans l’allée pour pouvoir se ranger sur le court de tennis lorsqu’il arriverait à leur hauteur. Il les dépassa lentement et alla se garer sous l’un des seuls arbres du jardin qui avait une chance de survivre aux déprédations horticoles de Mrs Collett, eu égard à sa taille, d’une part, et d’autre part au fait qu’il soutenait le mur séparant le Domaine de l’hôtel voisin. Mur que Caspar regarda avec envie en claquant la portière de la voiture. Il imaginait, derrière, les tables en fer forgé toujours à la même place sur la pelouse, sous leurs parasols alanguis, les petits chemins secrets qui se faufilaient entre les rhododendrons jusqu’à la resserre. William et lui pourraient-ils s’échapper cinq minutes pour revivre là-bas le bon vieux temps ? Il y avait peu de chance. Très peu. Caspar avait très envie de retrouver pour un instant l’excitation aveugle de ce premier après-midi, mais tout à coup il repensa à la réflexion désobligeante que William lui avait faite au moment où ils quittaient l'appartement. « Surtout ne te crois pas obligé de m'accompagner. Je pourrais très bien prendre le train. »

Soupirant à nouveau, il les suivit de loin, prit le virage et vit comme la première fois, mais aussi comme la dernière fois, comme à chaque visite, ce qui attirait irrésistiblement William au Domaine. La pelouse descendait maintenant d'un seul élan jusqu'aux arbres, la rocaille n'étant plus là pour la gêner. Le vieux bassin de pierre dans lequel croisaient jadis des poissons rouges avait été débarrassé du moindre brin de mousse et décapé à l'eau de Javel. Visiblement, la tonnelle de roses avait aussi disparu depuis la dernière fois. Pourtant, la beauté du jardin était indestructible. Plus il était dépouillé, plus ce qui restait paraissait charmant. Pas étonnant que William se réveillât si souvent en nage au milieu de la nuit et lui attrapât le bras : « J'ai encore fait ce rêve, Caspar. Mais ce n'est pas un rêve, tu sais. J'y retourne vraiment. Je remonte le temps. J'étais *vraiment* dans le Domaine d'autrefois. »

Et voilà, se disait Caspar. On pouvait grandir comme lui sans rien d'autre pour se distraire de ses devoirs que le mur de briques de la maison voisine. Mais on pouvait aussi passer son enfance dans un lieu magique tel que celui-ci et, comme William, vivre le reste de ses jours et de ses nuits hanté par la peur de le perdre. Et, bon Dieu, cette femme était de pire en pire. En montant jusqu'au large perron dallé par lequel on accédait à la maison, Caspar entendit de loin la petite phrase supposée conciliante lancée par Mrs Collett.

« J'ai arraché aussi cette achillée. Ça envahit tout et ça empeste. »

Soupirant pour la troisième et dernière fois, Caspar les suivit dans la maison.

2

« Drôles d'amis, ma chérie »

Caspar ne pensait pas être sadique. Pourtant, il se cala dans son fauteuil pour assister à l'humiliation rituelle de la pauvre Barbara, amusé autant qu'intéressé.

« Vraiment, je t'assure, ma chérie, j'aimerais beaucoup voir tes photos. Comme nous tous, d'ailleurs. »

Gilly, fidèle à ses habitudes, ne dit rien. Mais William, comme toujours, vint à la rescousse de sa sœur.

« Oh, non, Maman ! Tu ne vas pas lui demander de sortir ses photos. On les a déjà vues.

– Moi, je ne les ai pas vues. » Son ton était parfaitement choisi : dégagé et un rien « maîtresse de maison ». Se levant péniblement, Barbara alla chercher ses photos pour aussitôt subir un affront : l'inattention ostensible de Mrs Collett. « Ce n'est pas une bête, là, qui court sur le tapis ? Ah non, pardon. C'est juste un fil qui pend de la jupe de Gillyflower. Quelqu'un veut encore du café ? Si oui, manifestez-vous. »

Barbara essaya à plusieurs reprises de ranger ses photos.

« Écoute, ça ne rime à rien. William et Gilly les ont déjà vues. Je te les montrerai une autre fois.

– Non, ma chérie. Ça va. On est presque au bout, maintenant. »

Barbara, pourtant indulgente, fut suffisamment piquée au vif pour souligner l'évidence :

« Il ne faut pas te croire obligée de les regarder.

– Mais je veux les voir, chérie. Ça m'intéresse. Tiens, voilà encore tes pauvres diables alignés dans leurs chaises roulantes. Vous fêtiez un anniversaire ? »

Sans perdre patience, Barbara montra du doigt la princesse.

« Eh bien, on ne peut pas dire qu'elle ait soigné sa toilette pour vous. »

William prit la défense de sa sœur.

« Les princesses sont comme tout le monde : il faut bien qu'elles trouvent des occasions de porter leurs vêtements les plus moches. Autant qu'elles le fassent là où elles risqueraient de prendre les plis de leur robe dans les rayons d'un fauteuil roulant. »

Caspar mit son grain de sel, juste pour le plaisir.

« Sans parler de ceux qui pourraient vomir sur leurs chaussures.

– Ou leur donner un coup de pied pendant une crise. »

Barbara baissa la tête pour dissimuler le sourire peu professionnel suscité par cet élan de solidarité et rassembla les dernières photos des patients de son service. L'autre paquet, qu'elle avait mis de côté, glissa de ses genoux et tomba sur le tapis. Mrs Collett plongea pour le ramasser.

« Et celles-ci ? »

Barbara tendit la main pour les reprendre.

« Celles-ci vont t'ennuyer. Elles sont affreuses. C'est juste une fête avec des amis.

– J'aimerais bien voir tes amis. Je m'intéresse toujours aux amis de mes enfants. »

Caspar jeta un coup d'œil à William. Mais ce dernier, occupé comme d'habitude à faire semblant d'être à l'aise, détourna son regard. Caspar remarqua cependant que Gilly observait son frère à la dérobée. Et Barbara tenta une fois encore de reprendre les photos de ses amis.

« Maman, ça suffit, maintenant. Le spectacle est terminé. »

Mrs Collett renforça sa prise sur le paquet de photos.

« Juste un petit coup d'œil.

– Ce n'est pas la peine. Elles sont ratées. Et tu ne connais aucune de ces personnes. »

Erreur stratégique, pensa Caspar.

« Je ne connais pas non plus un seul de tes patients, ma chérie. Mais j'ai trouvé intéressant de les voir. »

Vaincue, Barbara se rapprocha du fauteuil de sa mère en avançant sur ses gros genoux charnus.

« Bon, ça c'est Howard, notre nouvel économe, mais en réalité il nous est bien plus précieux que certains membres du personnel spécialisé. Ça c'est Ellie. Je t'ai déjà parlé d'elle. Voici Bunster et Dido. Des auxiliaires. Et Phil. Tu l'as vu souvent sur les autres photos... »

Elle baissa les bras. Sa mère feuilletait le paquet de photos tellement vite que cela ne servait à rien de lui donner le nom des gens.

« Et ceux-là ? »

Mrs Collett leva la photo.

« Des amis. Juste des amis.

– Drôles d'amis, ma chérie. »

Incroyable. Mrs Collett regardait autour d'elle en quête d'encouragements. Elle montrait la photo de quatre hommes, deux couples bras dessus bras dessous, visiblement dérangés dans un aparté au cours d'une soirée, et sommés de se mettre en rang et de sourire à l'appareil de Barbara. Si la chemise de l'un d'eux, ouverte sur la poitrine, n'était pas assez révélatrice, les bagues ne permettaient pas le moindre doute. Le visage de William était maintenant figé comme un masque. Et Gilly, prudente, semblait momentanément sourde et aveugle.

Caspar attendit. Barbara aussi. Et Mrs Collett émit un petit rire.

« Franchement, je trouve que tes amis ressemblent à une bande de tantes ! »

Fière de sa trouvaille, elle répéta :

« Une bande de tantes ! »

Le silence tendu dura jusqu'au moment où la petite voiture de Tory, une sorte de cabane de jardin montée sur roues, pétarada dans le virage de l'allée et vint s'arrêter devant le perron. Tout le monde se leva pour aller lui dire bonjour, sauf Caspar qui resta cloué à son siège, se demandant quelle espèce de femme était Lilith et quel genre de pouvoir elle avait pour empêcher quatre adultes de lui rappeler que son propre fils était pédé et que juste à côté de lui se tenait son drôle d'ami.

3

Miguel-Angel Gippini Algarón Lopez de Rego

Barbara était accroupie sur le tapis, ravie d'être pour une fois le centre d'attraction.

« Assieds-toi dans un fauteuil, lui chuchota Mrs Collett un peu trop fort. Tu as l'air d'une baleine échouée sur la plage. »

Barbara rougit mais ne bougea pas.

« Je suis contente que nous soyons enfin tous réunis, dit-elle d'un air mystérieux.

– Pas tous, lui rappela Mrs Collett. George n'est pas là. Angus non plus.

– Tu ne peux pas compter Angus, intervint Gillyflower pour justifier l'absence de son mari. Il ne peut aller nulle part, avec le nouveau roulement des équipes chez Horridge.

– Si j'étais venue avec George, il aurait fallu que j'amène aussi les jumeaux », enchaîna Tory. Elle n'en dit pas davantage, mais même Caspar qui ne connaissait pas les jumeaux comprit tout de suite ce qu'elle voulait dire.

« Voilà, reprit Barbara. J'ai une nouvelle à vous annoncer. »

Elle va se marier, pensa Caspar.

« Une nouvelle ?

– Comment ça, une nouvelle ?

– Allez, dis-le-nous !

– Je vais me marier ! »

Silence. Étaient-ils tous en train d'imaginer Barbara au lit avec un homme ? Toujours est-il que leur chœur s'éleva avec quelques regrettables secondes de retard.

« C'est merveilleux, Barbara !

– C'est pas une blague ?

– Qui est l'heureux élu ?

– Eh bien, ma chère, pour une surprise... »

Le regard de Mrs Collett tomba sur le bras du fauteuil et s'arrêta sur une petite tache qu'elle se mit à gratter d'un ongle. Les choses importantes d'abord ! C'était aux autres de déclencher l'inévitable avalanche de questions, puisqu'ils avaient tous l'air de penser que ce n'était ni le moment ni l'endroit pour exprimer des doutes ou des craintes.

« Alors, qui est-ce, Barbara ? Phil ?

– C'est ton nouvel économe ? Comment s'appelle-t-il déjà ? Howard ? »

Barbara riait.

« Non, ce n'est ni Howard, ni Phil.

– Oh, allez, Barbara. Dis-le, ou on te botte les fesses. Il s'appelle comment ?

– Il s'appelle... – Elle se balança d'avant en arrière sur le tapis pour prendre son élan – Miguel-Angel Gippini Algarón Lopez de Rego. »

Elle s'est entraînée, c'est sûr, pensa Caspar. Le *g* légèrement dental, le *z* zézayant, le *r* roulé – c'était parfait.

« Bon Dieu ! Tu parles d'un nom à coucher dehors !

– Ça, c'est un patronyme, Barbara ! »

Et venant du fauteuil, on entendit : « Ah ! Un étranger ! » comme si c'était là l'explication que Mrs Collett attendait. Seul un étranger pouvait être assez myope, esseulé, pervers ou, disons-le franchement, obsédé sexuel, pour vouloir épouser le tas de graisse informe qu'elle avait pour fille.

« Il est très gentil, dit Barbara. Je suis sûre qu'il vous plaira.

– Bien sûr, dit Mrs Collett. Seulement... »

Ses mots lui restèrent dans la gorge. Et elle eut tout à coup cette expression glacée que Caspar avait déjà vue sur le visage de sa propre mère (du temps où il lui rendait encore visite), et sur celui de William lorsqu'il ruminait et montait en épingle une offense ou une injustice imaginaire. On pouvait y lire les déceptions patiemment endurées, les humiliations mal digérées. C'était sans doute, pensait Caspar, celle de toutes les mères du monde lorsqu'elles recevaient la lettre leur annonçant le mariage (déjà célébré), l'épouse (jamais vue). Mais manifestement, Mrs Collett avait décidé de pousser le bouchon un peu plus loin.

« Seulement je trouve qu'il aurait été plus gentil de... »

Elle s'interrompit et, rejetant vivement la tête en arrière, arbora un de ses sourires d'héroïne de tragédie. « Oh, mais cela n'a aucune espèce d'importance. Nous devons être heureux aujourd'hui. Heureux pour Barbara. C'est merveilleux pour toi, ma chérie. Maintenant, dis-nous tout. Que fait-il ? Où l'as-tu rencontré ? Et où comptez-vous vous marier ? »

Barbara, cela n'échappa à personne, choisit de répondre d'abord à la dernière question.

« Où ? Mais, ici, bien sûr.

– Ici ? » Mrs Collett eut un petit rire, comme si cette idée lui paraissait saugrenue. « Oh, non, ma chérie, sûrement pas ici. »

Barbara parut anéantie.

« Mais... »

Mrs Collett répéta avec fermeté : « Non. Sûrement pas ici. »

Barbara étant devenue muette et aucune de ses sœurs ne venant à son secours, William se sentit obligé d'attaquer leur mère tout seul.

« Pourquoi ? C'est chez elle, tout de même.

– William ! » Un autre petit rire. « Voilà des années que Barbara ne vit plus ici. N'est-ce pas, ma chérie ? Des années. »

Barbara leva la tête mais fut incapable de parler. Elle se sentait trahie, comme si des années d'amour filial venaient d'être balayées d'une chiquenaude. Le temps passé dans des couloirs sinistres à attendre en grelottant que l'unique téléphone fût libre. Les visites régulières. « Je passe dans le coin samedi. Je viens te dire un petit bonjour ? » Les dizaines de petites attentions : les cartes pour son anniversaire, les fleurs pour sa fête, et les égards tout particuliers, pendant ces semaines qui dans son souvenir resteraient à jamais associées à la dernière et abominable maladie d'Hector. Elle savait qu'elle n'avait pas toujours fait ce qu'il fallait. Les innombrables fois où, en pleine nuit, elle avait téléphoné à son frère en larmes témoignaient de ses échecs les plus patents : les gilets choisis avec amour à peine déballés et sans doute jamais portés ; les surgelés pour deux soigneusement sélectionnés, fourrés à la hâte dans le congélateur – « Je n'ai pas envie de gratin aujourd'hui. Je le mangerai une autre fois » –, et même les petites anecdotes sur la vie dans son service brutalement sapées par le coup d'œil que sa mère jetait à sa montre en relevant discrètement sa manche. Mais malgré tout cela, elle avait cru à ce simple fait : le Domaine, c'était son « chez soi ». Bien sûr, la plupart de ses vêtements étaient désormais entassés dans le placard de la chambre que l'hôpital mettait à sa disposition. Toutes ses cassettes étaient également empilées là, sous le lit, avec sa chemise de nuit de rechange, le pèse-personne qu'on lui avait offert pour ses vingt et un ans et toutes ses chaussures et ses bottes. Mais la maison, c'est là où on laisse son cœur et son cœur était encore dans cette pièce au bout du couloir avec ses doubles rideaux jaunes et son fauteuil en velours capitonné, près de la fenêtre par laquelle on pouvait, en se penchant un peu, toucher les fleurs des...

Mais non ! Son cœur était désormais ailleurs. Pour toujours, c'était certain (et bientôt officiel), son cœur était avec Miguel-Angel Gippini Algarón Lopez de Rego.

« Ça ne fait rien, assura-t-elle à William, bien que l'on vît sa lèvre trembler. Ça m'est égal. Ce qui compte, ce n'est pas où on se marie mais avec qui. Et puis, il y a une salle de réception très bien dans le service, au bout du pavillon des séjours longue durée.

– Rien de ce qui est dans ton service ne peut être bien, déclara William. Ce bâtiment est une insulte à la vue. »

Feignant d'ignorer l'évidente nervosité de Gilly et le froncement de sourcils de Tory, il regarda sa mère avec insistance. Mais Mrs Collett préféra faire celle qui ne voyait pas le rapport entre la médiocrité des architectes de l'hôpital de Fellaham et la question abordée.

« Ton père disait toujours que si les architectes qui dessinaient ce genre de bâtiments étaient obligés d'y vivre ne serait-ce qu'une semaine...

– Elle ne peut pas faire ça à l'hôpital. Elle ne peut pas. Reconnais-le. C'est impossible. D'abord, il faudrait qu'elle les invite tous.

Imagine un peu un mariage avec tous les protégés de Barbara ! Ce ne serait pas une cérémonie. Ce serait un désastre. Elle ne pourrait même pas se frayer un passage jusqu'à l'autel entre les fauteuils roulants, elle n'arriverait pas à se faire entendre dans le chahut. »

Il aurait dû s'arrêter là. Mais c'était William : il fallait qu'il donne à l'événement toute sa dimension dramatique.

« Ce serait d'un ridicule achevé ! ajouta-t-il. Je suis désolé, Maman, mais c'est hors de question. »

Le regard de Mrs Collett se fit dur comme le marbre. Pourtant, se dit Caspar, s'ils avaient tous gardé le silence assez longtemps, ils auraient pu réussir à l'embarrasser (sinon à la culpabiliser) et remporter la victoire. Mais Barbara le rompit en éclatant en sanglots. C'était extraordinaire. Les premières larmes jaillirent avec un tel élan qu'elles manquèrent ses joues et tombèrent sur le tapis.

« C'est pas juste, gémit-elle. Je veux me marier ici. » Comme une petite fille, elle essuya les traînées de larmes avec les paumes de ses mains. « J'ai toujours rêvé de me marier ici. Pourquoi je ne peux pas ? Gilly s'est mariée ici. Et Tory l'aurait fait aussi si George et elle avaient eu un vrai mariage. C'est pas de ma faute si j'ai dû attendre aussi longtemps pour trouver l'âme sœur. Gillyflower a eu de la chance. Elle s'est mariée à dix-huit ans. Moi j'ai dû attendre et attendre. Et maintenant que j'ai enfin trouvé Miguel-Angel, tu me dis qu'il est trop tard ! »

La consternation de Mrs Collett fit place au dégoût lorsqu'elle vit les pleurs de Barbara dégénérer en reniflements ridicules. Avant même que Barbara n'émît encore dans un affreux pleurnichement : « C'est pas juste ! », la porte, derrière eux, fit entendre un petit claquement sec.

Mrs Collett avait fui.

4

Toc, toc, toc, VLAM !

« Voilà, tu l'as vexée ! » gronda Tory. Elle balaya rapidement le groupe du regard. « Qui est-ce qui va la chercher ? »

Caspar était atterré. Cette pauvre Barbara était en train de pleurer toutes les larmes de son corps sur le tapis, et Tory ne se tracassait que pour sa mère.

« Vite ! Qui y va ? Moi ?

– Oui, vas-y, tu es la meilleure pour ça, lui dit Gillyflower.

– Ce n'est pas moi qui irai en tout cas, déclara William dans un effort de rébellion que Caspar jugea courageux, compte tenu qu'il était sur le terrain familial. Je la trouve vraiment trop vache. »

Barbara leva son visage boursouflé par les larmes.

« C'est vrai ? dit-elle d'un ton implorant. Tu trouves, vraiment ? »

William n'eut pas le temps de répondre que Tory recommençait à tancer sa sœur.

« Ne sois pas ridicule, Barbara. Il y a deux minutes, tu disais que l'important ce n'est pas où on se marie mais avec qui !

– Et on ne sait toujours rien de lui », fit remarquer Caspar.

Il pensait faire diversion. Il était écœuré de les voir se conduire comme une bande de gosses méchants et lâches. Il ne mettrait plus jamais les pieds dans cette maison. La prochaine fois, il ferait ce que William lui avait suggéré de façon si désobligeante : il le laisserait prendre le train. Au lieu de se solidariser avec leur sœur effondrée, de la réconforter en lui posant – mieux valait tard que jamais – quelques questions d'usage sur son futur mari, Tory et Gillyflower ignorèrent purement et simplement la remarque de Caspar.

« Tu ferais bien de te dépêcher, Tory, si tu y vas.

– Il vaudrait peut-être mieux qu'on y aille toutes les deux...

– Tu crois ? » Attrapant son pull-over, Gilly suivit précipitamment sa sœur, laissant William et Caspar avec Barbara éplorée.

« Allez, Babs, lui dit William. Ressaisis-toi. Ce n'est pas la fin du monde. »

Caspar avait envie de s'en aller. Non pas parce que les pleurs de Barbara le dérangeaient. Quand on exerçait son métier, on ne pouvait pas se laisser démonter par les manifestations visuelles et sonores de l'angoisse. Il avait passé assez de temps au chevet de femmes plongées dans un criant désespoir. Et combien de fois avait-il tendu une boîte de mouchoirs en papier à des jeunes filles auxquelles il venait d'annoncer qu'hélas jamais, non jamais, elles ne pourraient avoir d'enfants ? Un gynécologue, comme un cancérologue, voyait trop souvent leurs patients tirer de mauvaises cartes. Il avait sondé les tréfonds de la détresse féminine. Plus de dix fois par semaine, il gribouillait les lettres A.E. (Aucun espoir) sur le dernier dossier d'une énorme pile et convoquait le couple pour lui faire son petit laïus de consolation. Comparée à cela, la question de savoir si on fêterait son mariage ici ou là était dérisoire. Mais tout de même : pourquoi aucun d'eux n'avait-il pris la peine de s'agenouiller sur le tapis près de sa sœur pour la consoler, la cajoler, calmer sa détresse ? Qu'est-ce qui clochait donc dans cette maudite famille ?

N'y tenant plus, il sortit de la pièce, monta les escaliers quatre à quatre jusqu'aux toilettes et poussa le coffre à linge sous la fenêtre. Il chercha son paquet de cigarettes. Oh, quelle effroyable baraque ! Il trouvait sa propre famille épouvantable, mais vraiment, à côté de celle-ci, elle ne faisait pas le poids. Cet endroit était tout bonnement sordide.

Un toc, toc, toc persistant attira son attention au-dehors. À quelques centaines de mètres, au fond du jardin, il aperçut une petite silhouette attaquant à coups de binette les plantes grimpantes qui entouraient la remise. Derrière elle, Tory et Gillyflower, essayant sans doute de l'amadouer, de la dissuader, de la supplier. Toc, toc, toc, toc. Elle allait faire tomber la cabane si elle continuait. Souvent ces vieilles baraques en bois ne tenaient debout que par la grâce de la végétation environnante. C'était donc ainsi que le jardin avait été dévasté. Les pratiques démoniaques de Mrs Collett, la tactique de la terre brûlée, résultaient de ses disputes avec ses enfants. Pas étonnant que William se réveillât parfois avec des sueurs froides, que Barbara fût devenue boulimique, que Tory et Gillyflower fissent passer l'extraordinaire nouvelle du mariage de leur sœur après la bouderie d'une vieille femme. La survie de leur cher jardin ne dépendait que d'eux. Un pas de travers et...

Toc, toc, toc, toc !

Pourquoi ne lui arrachaient-elles pas sa binette des mains ? Si elles attendaient que Mrs Collett se calme toute seule, il n'y aurait bientôt plus d'endroit où ranger la tondeuse et la bêche. Devait-il aller leur prêter main-forte ? Non. Sa venue avait-elle une chance de l'arrêter ? Non. Il connaissait assez William et ses humeurs pour savoir qu'il n'y avait pas grand-chose à faire.

Caspar écrasa sa cigarette sur l'appui de fenêtre en pierre et envoya le mégot d'une chiquenaude dans le parterre de fleurs qui se trouvait juste au-dessous. Il n'y avait pas beaucoup de fleurs – pas assez pour cacher son mégot. Il le voyait luire. Maudit endroit ! Il comprenait pourquoi George et Angus n'y mettaient pas les pieds. Il ne les avait jamais rencontrés, ni l'un ni l'autre.

Chaque fois, Tory et Gillyflower débitaient consciencieusement de nouvelles excuses. Mais eux restaient chez eux. Et ils avaient bien raison. L'amour n'était quand même pas à ce prix. Lui non plus, il ne viendrait plus.

Apaisé, Caspar referma la fenêtre. Toc, toc, toc. VLAM.

5

« ... et des toilettes portables spéciales pour handicapés »

En redescendant, Caspar tomba sur Barbara. Assise dans l'escalier, elle jonglait avec une cigarette, un cendrier et une boule de mouchoirs en papier trempés. Il s'accroupit près d'elle.

« Tiens, lui dit-il en sortant de sa poche un paquet de mouchoirs.

– Oh, merci Caspar. » Barbara renifla et se moucha. Elle fit tomber sa cendre dans le mouchoir en cherchant un coin propre pour se remoucher.

Caspar tapota l'énorme genou qui se trouvait près de lui.

« Ça va passer, le rassura-t-elle. Je ne sais pas pourquoi je me mets dans cet état.

– Tu ne crois pas qu'il y a de quoi ? demanda Caspar. Ta mère a été d'une méchanceté impardonnable envers toi. Et je ne vois rien qui le justifie. »

Elle releva son visage bouffi et barbouillé.

« Il ne faut pas lui en vouloir, dit-elle. Elle est très embarrassée. »

Caspar n'en croyait pas ses oreilles. Barbara dut le remarquer, car elle reprit :

« Je t'assure, Caspar. Après tout, c'est vrai, je suis horriblement grosse. Et je suis maladroite. Et je suis beaucoup trop vieille pour faire une jeune mariée.

– Barbara... »

Elle le coupa dans son élan.

« Et Maman sait très bien que mes malades, c'est toute ma vie. Même si je ne les invite pas tous, la moitié des convives seront des gens bizarroïdes dans des fauteuils roulants. Et il faudra des infirmiers. Et tous les infirmiers portent des blouses de nylon et fument comme des pompiers. Ils sont même capables de fumer pendant la messe si personne ne les en empêche. Il faudrait mettre des panneaux sur le portail pour les chauffeurs, installer des rampes partout et des toilettes portables spéciales pour handicapés. Et Maman est terriblement gênée. Elle a horreur de ce genre de choses. On ne peut pas lui en vouloir. »

Caspar ne dit rien. Il ne pouvait pas en vouloir à Mrs Collett. C'était le comble.

Bien sûr que si, il pouvait en vouloir à Mrs Collett. Miguel-Angel Gippini Machin chose de Rego s'attendait probablement à voir la cérémonie tourner à la pétaudière et il l'acceptait cependant, par amour pour Barbara. William était apparemment prêt à louer un costume et à conduire sa sœur à l'autel, même s'il fallait se frayer un chemin entre les rangées d'admirateurs paralytiques et de leurs infirmiers turbulents. Et même lui, Caspar, aussi égoïste et peu sociable fût-il, était prêt pour faire plaisir à ses bons amis, à supporter que les tapis de sol de sa voiture fussent déchirés et ses portières éraflées par les fauteuils roulants que les infirmiers éméchés manieraient de travers.

« Ta mère n'est qu'une vieille égoïste. »

Barbara se mit à déchiqueter son mouchoir.

Caspar insista :

« Franchement, je me demande même comment tu as pu avoir envie de fêter ton mariage ici.

– J'ai toujours rêvé...

– Oui ? »

Elle poussa un grand soupir et essaya de poursuivre.

« Tu ne peux pas comprendre, Caspar. En dehors d'ici, j'ai l'impression de ne pas être vraiment moi-même. Parfois, je suis au lit dans ma piaule miteuse de Fellaham, et rien de ce qui m'entoure ne me semble réel. Je m'imagine ici et je me sens revivre. Oh oui ! Je m'y revois. C'était l'été. Toujours l'été. Je sens sous mes pieds nus la chaleur des allées pavées. Je me laisse enivrer par l'odeur des pois de senteur. Et tout à coup, ça y est, je revis un de ces jours de fin d'été sereins et silencieux, lorsque l'air tout autour semble attendre. Simplement attendre. Et juste après, presque toujours, je me revois par une de ces merveilleuses journées d'octobre où l'on marche en donnant de grands coups de pied dans les feuilles mortes. J'entends les pommes tomber près de moi. J'entends vraiment le bruit sourd qu'elles font en atterrissant dans l'herbe. L'automne, quand j'y repense ! C'est vrai ! L'automne n'en finissait pas. C'était la meilleure saison. Le matin, quand on sortait, chaque buisson était enveloppé de toiles d'araignée scintillantes, et il y avait des nappes de brume qu'on déchirait en les traversant. L'automne était un délice. Et après, je me souviens de l'hiver. Les branches noires sur fond bleu dur. Les ciels roses et argent. Le givre chatoyant... »

Des larmes roulaient à nouveau sur ses joues. Ce n'était pas comme avec William, Caspar ne pouvait pas les attraper du bout du doigt et les porter à sa bouche. Il se contenta de les regarder.

« Si le mariage a lieu n'importe où ailleurs, déclara Barbara, je ne me sentirai qu'à moitié mariée. La moitié de mon cœur est dans ce jardin. Tu vois ?

– Je vois », dit Caspar. Mais il ne voyait pas vraiment. Et d'ailleurs, c'était à William qu'il le disait.

6

« Comme en Espagne »

« Pauvre Barbara. » Une lueur de pitié s'alluma dans les yeux de William tandis qu'il écoutait. « La pauvre, comme je la plains !

– Ne sois pas ridicule, coupa Caspar. La succession des saisons n'a pas lieu que dans votre jardin. Ce dont ta sœur a besoin, c'est de quitter cet hôpital sordide et de s'inscrire dans un club de randonnée pédestre. »

Il saisit le bras de William et le tordit fermement derrière son dos jusqu'à la limite de la douleur.

« Maintenant, on file à côté. Juste cinq minutes. Pour boire un verre.

– On ne peut p...

– Si, on peut. »

Mais ils ne purent pas, car Tory venait d'arriver. Elle les cherchait. Caspar lâcha le bras de William comme s'il l'avait brûlé, et il resta là, honteux de sa lâcheté tandis que Tory demandait :

« Barbara va mieux ? Elle s'est calmée ? »

Imitant inconsciemment un des tics de sa mère, Tory gratta sur sa manche une tache imaginaire. « Gilly me disait à l'instant que c'était bien dommage que Barbara ne puisse pas fêter son mariage chez eux non plus.

– Et pourquoi ?

– À cause d'Angus qui travaille tout le temps.

– Et chez toi ? »

Tory écarta prestement cette idée.

« Oh non ! Chez nous, elle ne voudra jamais. Et puis tu sais, George va bientôt commencer à construire la pièce supplémentaire.

– Eh bien voilà, dit Caspar. Le mariage de Barbara n'aura pas lieu. »

Insensible à ce sarcasme, Tory le regarda fixement. Mais William fut pris de remords.

« Caspar ! Et nous ? Pourquoi elle ne le fêterait pas chez nous ? C'est assez grand. On pourrait même se débrouiller pour faire entrer quelques fauteuils roulants. »

Il n'oublia pas de conclure sa phrase par un de ses éblouissants sourires qui lui faisait plisser les yeux. Caspar, de toute façon, était bien conscient de s'être fourré lui-même dans la gueule du loup. Sa pitié pour Barbara le disputait à sa répulsion pour ce genre de fêtes. Bien entendu, William et lui n'auraient rien à organiser. Juste à mettre l'appartement à sa disposition. Mais cela supposait tout de même beaucoup de dérangement. Et plus aucune intimité. Et certainement une énorme perte de temps : coups de téléphone incessants, livraisons et tout ce qui s'ensuit. Mais pas vraiment de responsabilité. Ils n'en mourraient pas.

« Très bien, dit-il. Je n'ai rien contre. Du moment que Barbara et son Miguel...

– Miguel-Angel. »

L'interruption venait de Barbara, soudain réapparue en haut des escaliers.

« Pardon ?

– Ce n'est pas Miguel tout court. » Sa voix était haut perchée et tendue, comme si sa petite crise de larmes ne l'avait pas du tout calmée. « On dit toujours "Miguel-Angel", en entier. Comme en Espagne. »

Du coup, la généreuse proposition de Caspar resta en suspens, sans réponse, et il en fut réduit à marmonner une excuse.

Tory intervint.

« Barbara, tu pourrais remercier Caspar au lieu de lui faire la leçon. C'est plutôt gentil de sa part de te proposer de fêter ton mariage chez lui.

– Mais je ne veux pas me marier à Londres ! »

Oh, mon Dieu, se dit Caspar. La voilà repartie ! Et visiblement, Tory pensait la même chose. « Bon, eh bien, fais comme tu voudras ! dit-elle sèchement en tournant les talons, exaspérée. Je retourne voir Maman. Elle doit être dans tous ses états.

– Dans tous ses états ? s'étonna Caspar. Votre mère ? »

Mais Tory avait déjà disparu.

William posa la main sur le bras de Barbara.

« Allez, Babs, lui dit-il gentiment. Viens avec nous. On va prendre un verre vite fait. »

Caspar était furieux. Prendre un verre vite fait ! Son plan à lui, c'était de tirer un coup vite fait, et William le savait. Entrer dans le parc du Partridge, traverser la pelouse, se glisser derrière la haie de buis taillée en forme de coq puis sous les branches basses des cyprès. Rien que d'y penser, il en était tout excité. C'est alors que cette emmerdeuse de Barbara se montra excitée elle aussi, mais pour une raison différente de celle de Caspar.

« Où ça ? Où voulez-vous aller boire un verre ? Dis-le moi ! Dis-le-moi ! »

Stupéfait, William lâcha le bras de sa sœur.

« Pourquoi ? Qu'est-ce qui se passe ? »

Barbara se mit à trépigner, sous le regard médusé de Caspar. Il n'avait jamais vu personne faire un tel caprice, même un enfant. Elle souleva l'un des deux énormes poteaux que cachait sa jupe et frappa violemment du pied par terre.

« Je veux savoir où, tu m'entends ?

– Mais enfin, Barbara ! À côté, bien sûr.

– C'est hors de question ! »

William, qui la connaissait bien, fut le premier à comprendre.

« Ah, je vois ! C'est là qu'il est, hein ? À côté ? Tu ne veux pas qu'on y aille parce que c'est là que ton fameux Miguel travaille.

– Miguel-Angel.

– Miguel-Angel », consentit à répéter William pour avoir la paix. Il recommença à tapoter le bras de sa sœur. « Oh, allez, Barbara. Arrête de minauder. Parle-nous de lui. Depuis combien de temps est-il là ? Qu'est-ce qu'il fait ? Il est serveur, gérant ou quoi ?

– Il travaille surtout dans le jardin », dit Barbara de mauvaise grâce, après un silence.

Adieu notre petite séance de baise, pensa Caspar.

« Il jardine ? Ou il sert à boire ?

– Bon, d'accord ! aboya Barbara. Il est serveur. » Une fois que ce fut dit, elle se sentit visiblement mieux. Elle alla même jusqu'à sourire. « En fait, il n'est pas vraiment serveur. Il est là pour réviser son anglais et acquérir un peu d'expérience. Mais d'après ce qu'il dit, je ne pense pas qu'il reste serveur très longtemps. »

Chochotte, pensa Caspar. Regardez-moi cette grosse bêtasse qui joue les snobs. Et il réalisa que sur ce plan Barbara était nettement désavantagée par rapport à lui. Elle n'avait pas l'expérience intime (et étendue) qu'il pouvait avoir des serveurs. C'était sûrement difficile pour Barbara de ne pas penser à l'inévitable réaction de Mrs Collett et de l'empêcher d'influencer ses propres suppositions quant au jugement des autres.

« Mais moi, je n'ai rien contre les serveurs, lui dit William pour la taquiner. Je les ai toujours aimés. » Il se tourna effrontément vers Caspar. « Pas toi ? »

Chaque fois que William souriait, Caspar perdait tous ses moyens.

« Si, j'aime bien les serveurs moi aussi. »

William se retourna vers sa sœur.

« Donc, nous sommes trois. »

Barbara se calma enfin. Son corps se décrispa et son petit visage en forme de lune se fendit pour la première fois en un vrai sourire. Elle posa une main pataude sur le bras de son frère et lui dit :

« N'y allez pas. Pas avant que je vous aie présentés, en tout cas. Promis ?

– Pourquoi ? Tu n'as pas confiance en ton Miguel-Angel ?

– Bien sûr que si.

– Alors, tu n'as pas confiance en nous ?

– Ce n'est pas une question de confiance, répondit-elle d'un air très digne. Si c'était ça, je n'envisagerais pas de me marier.

– Mais alors, qu'est-ce qu'il y a ? Pourquoi Caspar et moi ne pouvons-nous pas aller boire un verre au Partridge ?

– Parce que je ne veux pas qu'il fasse votre connaissance là-bas, c'est tout. Pas pendant qu'il travaille. Je veux qu'il vous rencontre ici, dans ses vêtements de ville et pas dans son uniforme ridicule à boutons dorés et à épaulettes. Je veux qu'il vous rencontre, pas qu'il vous serve. Vous voyez ?

– Je vois », dit Caspar. Et cette fois c'était vrai.

7

Derrière la moustache de Guillaume II

Tout cela ne lui avait pas passé son envie d'aller faire un tour à côté. Bien au contraire. Des images d'épaulettes et de boutons dorés se mirent à danser dans sa tête, l'étourdissant de désir, tandis qu'il se remémorait ce jeune homme – était-ce à Prague, à Budapest ? – qu'il avait réussi à entraîner derrière un enclos plein de chèvres après un spectacle de cirque. « Pourquoi des chèvres ? » avait-il demandé, plus pour dire quelque chose que par réelle curiosité, et le garçon avait fait mine de boire. Jusqu'alors, Caspar n'avait jamais réalisé à quel point les gens du voyage vivaient dans leur petit monde, en circuit fermé – ce fut plus flagrant encore quelques minutes plus tard quand ce garçon, très coopératif au demeurant, lui fit comprendre que les siens, dans la roulotte, avaient besoin de lui. Mais auparavant, il avait laissé Caspar lui ôter sa vieille veste verte à paillettes ornée de franges et fait apparaître les manches bouffantes de sa chemise. Caspar eut l'impression d'être en tête à tête avec Robin des Bois. Et lorsqu'il glissa les mains dans le pantalon moulant, il n'y trouva – il en ressentit une sorte de décharge électrique qui fixa dans sa mémoire cette aventure précoce – qu'une paire de fesses fermes et fraîches. Tout le monde n'avait pas une mère pour prendre votre linge sale et pour vous le rendre quelques jours plus tard lavé et repassé. Avec certains hommes, il suffisait de baisser la fermeture Éclair et...

Submergé par une nouvelle vague de désir viscéral, Caspar s'arrêta, laissant Barbara continuer seule devant lui. Il abandonna les tasses à café au pied d'une grande fougère taillée sans merci, gravit en hâte l'escalier de derrière, se glissa dans l'ancienne chambre de William en passant par la salle de bains qui ne servait plus. Dans la malle, sous la fenêtre, il trouva le sac de vieux déguisements, toujours à la même place, au-dessus des jouets et des puzzles. Caspar se dit qu'ils auraient dû rapporter le costume de sultan que William et lui avaient volé la dernière fois pour s'offrir à bon compte quelques sensations fortes. Ainsi que le béret basque. Et le manteau noir rebrodé d'étoiles argentées. En fait, il ne restait plus grand-chose dans ce sac. Personne ne remarquerait donc la disparition supplémentaire d'une fausse moustache à moitié désagrégée. Il souffla dessus pour la débarrasser de la poudre argentée des ailes d'ange avec lesquelles elle voisinait puis il appliqua sur sa lèvre supérieure cette pauvre chose flétrie. Elle tomba presque aussitôt. Il la remit en place et la maintint d'une main, fouillant de l'autre dans les poches latérales de la malle. Enfin il trouva le petit tube. La colle était tellement desséchée qu'il dut arracher le bouchon avec ses dents. Puis, avançant jusqu'au grand miroir de William (comment, ayant trois sœurs, avait-il réussi à avoir un miroir à trois faces ?), Caspar retroussa les pointes de la moustache afin de lui redonner à peu près sa forme originale et la colla sous son nez.

« *Sehr gut* », dit-il à l'étranger caché sous la moustache de Guillaume II. Puis il redescendit l'escalier, sortit par la porte latérale, longea les poubelles.

Et il passa par-dessus le mur.

8

« Pas lourd »

« Regarde ! »

Tory sortit du garde-manger. « Quoi ? »

Gillyflower continua à regarder par la fenêtre.

« Caspar qui escalade le mur.

– Ah oui ? » Tory revint vers la table. « Il va sûrement boire un verre. » Elle ouvrit le sac de farine et en versa quelques cuillerées dans la jatte. « Je n'arrive toujours pas à savoir s'il a une mauvaise influence sur William ou s'il faut lui dire merci.

– Il doit gagner plein de fric », dit Gilly avec une tristesse rêveuse en pensant à Angus chez Horridge.

Tory fit la moue.

« Moi, je n'aimerais pas consulter chez un type comme lui. »

Gillyflower retira sa main des épluchures de pommes qui jonchaient la table.

« Qu'est-ce que tu veux dire ?

– Tu le sais très bien, répondit sèchement Tory.

– Non. Vas-y, explique. »

Tory reposa ses mains pleines de farine sur le bord de la jatte.

« Je veux dire que je trouve ça un peu malsain de ne pas assez aimer les femmes pour coucher avec elles mais de gagner sa vie en les tripotant à longueur de journée. »

Gilly réfléchit un moment.

« Et les femmes gynécologues, alors ? C'est pareil, non ?

– Non, pas du tout. La seule comparaison possible, ce serait une lesbienne spécialisée en proctologie.

– Ah oui, tu as peut-être raison », dit Gilly. Pourtant Tory aurait parié que sa sœur ne savait même pas si la proctologie concernait le pénis ou le trou du cul. La seule chose qui comptait pour Gilly, c'était de changer de sujet à tout prix. Elle ne perdit pas de temps.

« C'était comment déjà cette blague que Will racontait tout le temps, celle du gynécologue qui...

– J'en sais rien. » Tory avait horreur qu'on ressorte des blagues éculées et elle n'allait pas se laisser distraire. Elle jeta un coup d'œil à sa sœur. « Une mauvaise plaisanterie par jour, ça ne te suffit pas ? »

Gillyflower baissa la voix.

« Tu veux parler de Barbara ? »

Tory frappa sa boule de pâte à grands coups de poing.

« Évidemment, je veux parler de Barbara. Qu'est-ce qu'on va bien pouvoir faire !

– Faire ?

– Ben oui, faire, répéta Tory en singeant sa sœur. Qu'est-ce qu'on va faire pour empêcher cette pauvre vieille Barbara de se ridiculiser une fois de plus et d'avoir le cœur brisé par-dessus le marché ?

– Qu'est-ce que tu en sais, dit Gillyflower. Son Miguel-Angel est peut-être très gentil. Ils peuvent très bien se marier, être heureux et avoir une ribambelle de gosses.

– Barbara a presque quarante ans !

– Oui, bon, disons un ou deux.

– C'est ça, oui ! Quand les poules auront des dents, que George aura gagné au loto sportif, et que Maman aura emménagé dans un de ces jolis bungalows neufs, au bout de Frosthole Close.

– Oui, peut-être », convint Gilly. Mais Tory comprit bien à son ton rêveur qu'elle ne renoncerait pas aussi facilement aux espoirs qu'elle avait pour Barbara. Victoria eut envie de la pincer. Comment pouvait-elle avoir oublié le cuisant échec de Barbara, quatre ans plus tôt, avec Andrew Taylor, du garage Esso ? Et avant cela, l'histoire avec Bernard, où il semblait que Barbara n'était pas prête à admettre que même un homme de caractère pût changer d'avis. À la fin, il avait fallu que tout le monde lui parle assez durement pour lui faire comprendre qu'elle ne pouvait pas traîner quelqu'un de force devant l'autel et que cela ne servait à rien de faire semblant de le rencontrer par hasard à tous les coins de rue. Les gens avaient remarqué son manège.

« La troisième fois sera peut-être la bonne, dit Gillyflower pleine d'espoir.

– Pour Barbara ? Ses chances ne pèsent pas lourd », déclara Tory. Puis, se rendant compte de son mauvais jeu de mots, elle rougit et recommença à pétrir sa pâte.

9

Y avait-il jamais eu un seul instant… ?

« Viens avec moi une minute, tu veux bien, mon chéri ?

– J'allais justement…

– Ce ne sera pas long. »

William était encore moins enthousiaste que d'habitude à l'idée d'aller dans le jardin avec sa mère. *Primo*, parce que Caspar avait disparu. Avait-il filé discrètement à côté ? *Secundo*, sa mère allait se mettre à arracher par touffes entières les fleurs des parterres et William ne supportait pas de voir cela. *Tertio*, il savait qu'elle voulait lui parler de Barbara.

Effectivement :

« Je suis très inquiète pour ta sœur. »

William mettait toujours un point d'honneur à ne pas capituler sans se battre.

« Qui ça, Tory ? Ou Gillyflower ? »

La première poignée de campanules jaillit tellement vite que William reçut un jet de terre en pleine figure.

« Ne sois pas ridicule. Je parle de Barbara.

– Ah oui, dit William. Barbara. Quelle bonne nouvelle, hein ? Je suis sûr qu'il est gentil, et j'espère qu'ils seront très heureux. »

Pour passer sa hargne, sans doute, elle s'en prit ensuite aux plus belles fleurs du parterre. Par égard pour le jardin, William mit la pédale douce.

« Bon. Où est le problème ?

– Oh, Will, je t'en prie ! » Mrs Collett porta une main au creux de ses reins et s'étira avec ostentation. « Je ne sais pas quoi faire. J'aimerais bien marquer le coup pour cette pauvre Barbara. Mais imagine comme ce serait terrible si ça tournait mal cette fois-ci.

– Cette fois-ci ? »

Elle fit un effort pour ne pas lui sauter dessus et le mordre. C'était typique de William d'avoir oublié l'histoire avec ce Mr Taylor de la station-service. Sans parler de celui d'avant, cette sombre brute de Bernard.

« Ce n'est pas la première fois que ta sœur se fiance, je te le rappelle.

– Je ne pense pas qu'elle soit vraiment fiancée. Je crois qu'elle projette simplement de se caser. »

Y avait-il jamais eu un seul instant, se demanda Mrs Collett tout en se baissant pour arracher une nouvelle poignée de campanules, où ses rejetons ne lui avaient pas tapé sur les nerfs ? Victoria l'Impitoyable, constamment à critiquer et à faire la morale. Elle était toujours là. Elle avait toujours raison. En vingt ans, il n'y avait pas eu une guerre ou une élection sans que Tory, de son ton de prédicateur, n'en prévoie le résultat. Et elle ne se trompait jamais. Il n'y avait pas un produit ménager dont elle ne connût tous les dangers, pas une façon de dépenser l'argent ou d'occuper le temps qu'elle ne désapprouvât. « Qu'est-ce qu'il y a dans ce nettoyant pour W.-C. ? Du détergent ? » « Tu ne devrais pas acheter des billets aux enfants pour ce cirque, Maman. Pas tant qu'ils présenteront des numéros avec des animaux. » Lors de sa redoutable visite mensuelle, elle faisait le tour de la maison, montrant du doigt les taches d'humidité et les gouttières affaissées, exactement comme, enfant, elle suivait Lilith partout, la rappelant implacablement à son rôle de mère. « Will ne veut pas faire ses devoirs comme il faut. » « Je crois que Gilly pleure. » « On va encore dîner en retard, aujourd'hui ? »

En comparaison, on ne pouvait pas se plaindre de Gilly. Mais Mrs Collett avait beau faire, elle ne pouvait s'empêcher de trouver encore plus insupportable la combinaison de son manque de courage et de son obsession de faire plaisir. Tout le monde s'accordait à dire que Gillyflower était la plus gentille de tous ses enfants. Elle avait un bon fond. Elle s'efforçait de penser du bien de tout le monde et n'était jamais la première à gâcher une joie en jouant les oiseaux de mauvais augure. Gilly était ce qu'on appelle communément quelqu'un d'agréable à vivre. Mais, forte de son expérience, Mrs Collett estimait que les gens trop gentils étaient des faibles. Des individus moralement démunis. Ils louvoyaient dans la vie sans se donner la peine, comme tout un chacun, de chercher à distinguer ce qui est juste de ce qui ne l'est pas, et d'agir en conséquence. Ils faisaient simplement ce qui leur causait le moins d'ennuis, et semblaient avoir pour seule maxime : Éviter de faire des remous. Par conséquent, on ne pouvait jamais compter sur eux pour quoi que ce soit. Leur comportement dépendait tellement de l'identité et de l'humeur de la personne à laquelle ils avaient affaire qu'ils étaient absolument imprévisibles. Chaque fois que Mrs Collett entendait Gillyflower dire à quelqu'un : « Tu dois avoir raison », elle avait envie de la gifler. Les salles de tous les hôpitaux de Grande-Bretagne devaient être pleines de gens victimes de bonnes âmes telles que Gilly qui, préférant éviter les conflits plutôt que de se montrer fermes, n'empêchaient jamais leurs invités de prendre le volant en état d'ivresse ou n'interdisaient pas aux enfants de traverser en dehors des passages cloutés. Et pourquoi les autres devaient-ils se creuser les méninges toute leur vie pour peser le pour et le contre, alors que des gens comme Gillyflower pouvaient faire leur petit bonhomme de chemin sans être gênés le moins du monde par le poids de leur conscience, en récoltant en plus l'admiration générale ? « Mais, elle est tellement facile à vivre ! » « Elle est tellement gentille ! »

Ce fut le tour d'une touffe de fleurs presque aussi grosse que la tête de Mrs Collett.

« Si tu ne te calmes pas, l'avertit William, tu vas tout arracher. »

En quoi cela le regardait-il ? On ne pouvait pas dire qu'il lui avait souvent proposé de l'aider dans le jardin. Alors, de quel droit critiquait-il ? Mrs Collett s'étonnait de la générosité avec laquelle les gens incapables de tenir une bêche prodiguaient leurs conseils de jardinage. Ils n'avaient pas la moindre idée du travail que demande l'entretien d'un jardin de cette taille. De même que les gens sans enfants ne pouvaient imaginer combien il était laborieux d'élever une famille. Une épreuve après l'autre. Une corvée permanente qui commençait un jour presque par accident et durait trente ans. Les gens sans enfants ne savaient pas ce que c'était que d'être incapable, pendant des mois et des mois, de s'asseoir et de prendre tranquillement un repas sans penser au suivant. De ne pas pouvoir, fût-ce un seul jour, oublier les courses ou la cuisine, ou la lessive, ou le ménage. De n'avoir jamais de répit. De ne pas pouvoir écouter la radio pendant qu'on trime, parce qu'on est sans cesse interrompu par la sonnette et le téléphone alors qu'il faut constamment aller de la cave au grenier pour ranger quelque chose. De s'installer enfin dans une pièce pour faire de la couture ou de la cuisine et de voir débouler quelques secondes plus tard un gosse qui a envie de bavarder ou qui a besoin de vous pour faire ses devoirs. Aussi loin qu'elle se souvînt, Lilith avait détesté chaque instant de sa vie de mère de famille. Et comme certaines formes d'allergie, cela n'avait fait qu'empirer au point qu'elle ne pouvait plus rien entreprendre qui ne fût empoisonné par le fait d'avoir une famille à charge. Ça gâchait tout, en somme. Elle se demandait comment les autres femmes faisaient pour ne pas devenir folles, et certaines même, pour garder le sourire, alors qu'elles ne pouvaient même pas déballer leurs propres cadeaux de Noël sans envisager secrètement, avec un minimum d'astuce, leur recyclage dès le lendemain pour gagner quelques précieuses minutes onze mois plus tard – s'éviter la corvée d'aller une fois de plus courir les magasins. C'était facile pour William d'être tellement affligé par la façon dont elle jardinait. Avait-il jamais eu à finir en hâte quelque travail pour se jeter aussitôt sur la montagne d'autres tâches qui l'attendaient ? Allons donc ! À l'âge qu'avait William aujourd'hui, elle avait déjà une maison, un mari et quatre enfants. Et lui, qu'avait-il ? Rien. Pas la moindre responsabilité. Et il avait même quelqu'un pour s'occuper de lui ! Ah ça, on pouvait dire que ses enfants s'en sortaient bien...

« Maman ! Il ne va plus rien rester, à ce train-là... »

Mais de quoi parlait-il ? Ah, de ces minables campanules ! Comme si c'était important !

« Tu ferais mieux de t'inquiéter pour ta sœur plutôt que pour les parterres.

– Mais pourquoi, à la fin ? »

Il n'espérait pas de réponse et il n'en eut pas. Au bout d'un moment, il se pencha en arrière et laissa les rayons du soleil qui jouaient dans les branches lui remplir les yeux jusqu'à ce qu'ils larmoient, puis il les ferma très fort pour faire apparaître des arcs-en-ciel. Un jeu puéril, mais qui lui rappelait son enfance sinistre – elle penchée en avant, en train de poignarder furieusement le sol avec un transplantoir, lui non loin de là, essayant de toutes ses forces de trouver des réponses à ses questions insensées : « Pourquoi penses-tu que je suis fâchée ? », « Qu'est-ce que tu peux bien avoir fait pour me mettre en colère, hein ? » Une fois, en passant d'une chaîne de télévision à l'autre, il était tombé sur une mère de famille américaine en pantalon rose qui, les poings sur les hanches, hurlait à son enfant : « Je suis en colère parce que tu as cassé cette bouteille. Tu vas aller en racheter une tout de suite avec ton argent de poche. » La simplicité de cette déclaration l'avait tellement frappé qu'il avait dû éteindre la télévision et rester un moment assis à réfléchir. Y avait-il jamais eu un moment où il n'avait pas dû chercher seul, pendant les heures que durait ce mutisme glacial et épuisant, quelle faute il avait commise et comment il était censé la réparer ? Tout ça pour se rendre compte que cette façon de demander aux enfants qui avaient fait une bêtise de rendre des comptes était facultative ! Comment Tory élevait-elle ses enfants ? Et comment Gillyflower élèverait-elle les siens ? Ainsi, la discipline, comme l'éducation ou le régime amaigrissant, n'était qu'une question de décision personnelle, de choix entre plusieurs options ! À coup sûr, il y avait dans le monde entier des parents qui, penchés sur le berceau de leur bébé, réfléchissaient aux différences entre l'éducation qu'ils avaient reçue et celle qu'ils voulaient lui donner et chuchotaient : « Il y a une chose que je ne te ferai jamais, je te le promets, c'est... »

Alerte rouge ! Exaspérée sans doute par son air absent, elle lui tourna le dos. Qu'essayait-elle de déraciner maintenant ? Pour le voir, il lui fallait se déplacer et se mettre à côté d'elle. Impossible, à moins de trouver quelque chose à lui dire. Il ne voulait pas avoir l'air de l'épier dans son désherbage. Désherbage n'était pas le mot juste : elle ne se contentait jamais d'enlever les mauvaises herbes. Elle s'en prenait à l'essence même du jardin : la superbe végétation qui le couvrait, ses plantes grimpantes, ses lourdes masses de verdure bourgeonnantes émaillées de rouge vif...

« Maman ! Pas l'*aubrietia* ! »

Elle se retourna, telle une furie.

« Mêle-toi de tes affaires, William ! »

C'était ce qu'il faisait, justement. Se mêler de ses affaires. Il avait vécu dans ce jardin. Il y avait grandi. Il était aux abois quand il la voyait arracher, élaguer, éclaircir, tailler. Pourquoi ne laissait-elle pas cet endroit se développer, s'épanouir, s'étendre, tout envahir jusqu'à ce que – jusqu'à ce que quoi ? Il dut bien se l'avouer. Caspar le lui avait dit plusieurs fois et il avait probablement raison. Jusqu'à ce qu'il ne soit plus son jardin à elle, mais le sien à lui, comme il l'avait été pendant toute son enfance, quand sa mère, trop occupée pour y aller de ses outils destructeurs, l'avait laissé reprendre ses droits. Jusqu'à ce qu'il redevienne sauvage et que, tapissé d'un entrelacs de verdure, enveloppé de plantes grimpantes et d'épais feuillages, il soit rendu imprenable, parfait, avec des ronciers pour étouffer les affres du passé et des églantiers pour étrangler les souvenirs.

Il laissa la lumière du soleil baigner ses yeux jusqu'à ce que les larmes débordent. Continue à rêver, William. Un jour viendra...

10

Sous ces mêmes arbustes…

« Mêle-toi de tes affaires, William ! »

Adossé de l'autre côté du mur, Caspar entendit cette sévère réprimande et sourit. Erreur fatale. La fausse moustache, qui déjà commençait à lâcher prise, se détacha de sa lèvre et tomba sur le revers de sa veste. Caspar la roula en boule et la fourra dans sa poche. Elle avait rempli son office. Il avait vu Miguel-Angel de Machinchose. Il s'était offert un cocktail (et quelques amuse-gueule). Le soleil brillait, il sentait dans son dos le mur chaud, il remuait paresseusement ses glaçons dans son verre à l'aide de la petite ombrelle en papier et se sentait parfaitement heureux. Contre toute attente, Miguel-Angel était épatant. Le corps souple et les fesses rebondies comme un superbe matador… Et très clairement hétérosexuel. Mais c'était sans importance. Barbara méritait d'être heureuse. Grâce à cette petite fugue, à son deuxième cocktail et au ciel sans nuages, Caspar était passé de la bonne humeur à l'exaltation : il souhaitait que tout le monde fût heureux. Après tout, l'endroit se prêtait tout à fait à ce genre de vœu. C'était sous ces mêmes arbustes qu'il avait connu William – enfin, ce n'était pas là qu'il l'avait rencontré... Il avait fait sa connaissance au bar. Caspar s'était perdu entre Fellaham et l'autoroute en voulant prendre un raccourci pour rentrer à Londres. Il avait fait halte au Partridge pour boire un demi et demander son chemin. William, très fringant dans sa tenue de serveur, s'affairait derrière le comptoir, distribuait des sourires, rendait la monnaie. « Vous désirez autre chose, Monsieur ? » Il n'avait pas fini son service avant trois heures et à ce moment-là Caspar (plus dégrisé que William par leur exploration intime dans les toilettes pour handicapés) était encore trop ivre pour conduire. Ils avaient donc passé le reste de l'après-midi sous ces rhododendrons. Les violets, Caspar s'en souvint en frémissant sous l'effet d'une de ces crampes qui le prenaient au bas-ventre chaque fois qu'il était question de la géographie sexuelle de sa relation avec William. (Il ne pouvait plus emprunter Longley Street sans risquer d'avoir un accrochage.) William était capable de tout – et il l'avait prouvé. Caspar en était sorti presque en état de choc, en tout cas plein de contusions et sérieusement écorché à un ou deux endroits. Il était revenu le soir suivant pour en redemander. Puis le lendemain. Et le surlendemain. Dès qu'il s'était aperçu que son beau voyou n'avait qu'à enjamber le mur pour rentrer chez lui après son travail, il l'avait supplié de déplacer le lieu de leurs unions. « Ce serait quand même plus sûr. Tu ne vas pas me dire que ta mère jardine toute la nuit. »

Mais William s'était montré intransigeant. Ils avaient donc continué à faire ça sous les rhododendrons du Partridge. Pas une seule fois durant ces premiers jours merveilleux – ni même depuis – ils ne l'avaient fait de l'autre côté du mur, sur la Terre sainte. Dans la maison, oui. Ces cinq dernières années, Caspar avait bien souvent poussé William dans un lit ou dans une penderie. Il l'avait coincé contre des murs, derrière des canapés, l'avait obligé à s'agenouiller derrière la serre. « Où est ma mère ? » Ces simples mots opéraient désormais comme un sortilège, provoquant instantanément chez Caspar une érection. Mais, peut-être parce qu'elle y était trop souvent, ils ne l'avaient jamais fait dans le jardin.

« C'est pour aujourd'hui », marmonna Caspar avec détermination. Renversant la tête, il but les dernières gouttes de son deuxième cocktail. Mmmm ! Délicieux. William adorait lui aussi le Charmeur de dragon. Et comme il venait de se faire gronder, il aurait besoin d'un verre. Ensuite, pour la première fois, ils s'enverraient en l'air dans le jardin. Sur le gazon vierge. Avec ce troisième cocktail comme appât, William ne résisterait sûrement pas.

11

Un parfait étranger

William résista.

Il signifia clairement son refus à Caspar pendant que Mrs Collett était partie chercher un transplantoir plus aiguisé dans la remise.

« Non, dit-il. Peut-être plus tard, dans la maison. Mais pas ici. Pas maintenant. »

Caspar se pencha dangereusement par-dessus le mur, balançant à droite et à gauche son troisième cocktail, comme un encensoir insolite.

« Non », siffla William. (Mrs Collett revenait. Elle s'arrêta en chemin juste pour arracher une ou deux fritillaires effrontées.)

« On pourrait aller derrière la serre... »

William ne jugea pas utile de répondre.

« Dans les massifs ? Derrière le sycomore ? Sous ce grand arbuste, près du court de tennis ?

– Le groseillier en fleur, dit William machinalement, mais sans montrer le moindre signe de capitulation.

– Au pied de l'escalier de l'arrière-cuisine ? Près du mur du fond ?

– Non !

– Sur le tas de compost ? Dans la mare aux nénuphars ? Au fond du puits ? »

(Caspar disait n'importe quoi, maintenant.)

« Va-t'en, lui dit William. J'ai une conversation privée avec ma mère.

– C'est pas vrai.

– Si. »

En effet, Mrs Collett réapparut soudain entre les azalées et, comme si elle n'était pas partie, elle reprit son bavardage sur Barbara et le mariage.

« Ta sœur arrive sans prévenir et nous annonce de but en blanc qu'elle a l'intention d'épouser un parfait étranger... »

Caspar disparut derrière le mur en serrant fermement son cocktail inachevé. Un parfait étranger. Oui, exactement. Cette définition lui correspondait bien. Caspar s'était faufilé par la porte principale de l'hôtel qui était toujours ouverte, feignant de caresser sa moustache dont le pouvoir adhésif restait douteux. Un petit homme empressé était venu presque tout de suite au-devant de lui et l'avait dirigé vers une autre porte en lui disant : « Vous êtes sans doute Mr Hamill, du Conseil municipal ? » La tentative de Caspar pour démentir se transforma, à cause de la moustache récalcitrante, en un mouvement de tête qu'il était facile d'interpréter comme un timide acquiescement. Avant qu'il ait pu démentir, le petit homme repartait déjà. « Je vais chercher le reste des papiers. J'en ai pour une seconde. »

Caspar se demanda si cette seconde lui suffirait pour recoller sa moustache correctement, retourner furtivement dans le hall et aller s'asseoir dans le coin le plus sombre du bar. Manque de chance, quelqu'un frappa à la porte et l'ouvrit aussitôt.

« Monsieur désire boire quelque chose ? »

L'accent était espagnol. Mais Caspar n'osa pas lever la tête : la moustache s'était complètement détachée et reposait douillettement entre ses doigts. Penché sur la table, il fit mine d'être absorbé par la lecture des paperasses étalées devant lui.

« Vous pouvez me faire un Charmeur de dragon ? » demanda-t-il avec espoir.

Dans le silence perplexe qui suivit, le regard de Caspar se fixa subitement. *Demande permis de construire pour sept annexes à l'hôtel, style chalet*, lut-il. Et deux lignes plus loin, *Nom et adresse du propriétaire : Mrs Moira Lilith Collett, le Domaine, Little Furley, commune de Fellaham.*

« Char... ? Char... ? »

Miguel-Angel était visiblement totalement perdu.

Soudain, la moustache se colla fermement aux doigts de Caspar. Dieu merci, il venait de trouver, par hasard, un point de colle encore assez efficace ! Tordant impitoyablement la moustache qui devait lui sauver la face, il l'appliqua de toutes ses forces sur sa lèvre. Cette fois, elle daigna rester en place. Il se hâta de lever la tête vers son interlocuteur, sans se douter du choc qui l'attendait : il resta interloqué devant la beauté de Miguel-Angel. Grand, les yeux noirs, avec cette expression mi-sauvage mi-rêveuse que Caspar associait aux plaisirs épuisants.

« Mince, alors ! », souffla Caspar du même ton que, quarante ans plus tôt, lorsqu'il avait ouvert un livre sur les grands peintres de la Renaissance. « Mince, alors ! »

– Char... ? »

Le bel hidalgo pataugeait toujours.

Caspar se ressaisit.

« Un Charmeur de dragon, répéta-t-il. Il faut un peu de citron vert, mais surtout deux doses de gin pour une dose de... »

Marchant à grandes enjambées (presque martial avec sa moustache), il invita Miguel-Angel à sortir de la pièce où on l'avait lui-même invité à entrer aussi opportunément.

« Venez, dit-il. Allons au bar, je vais vous montrer. »

12

Exemplaire, comme Gillyflower !

Pendant le déjeuner, Barbara fut mise à la question.

« Et tu vas déposer une liste, chérie ?

– Une liste ?

– Pour les cadeaux.

– Ah, oui ! Sûrement. Je ne sais pas.

– Ses parents vont-ils venir ?

– Je suppose.

– Ils vont faire tout ce chemin depuis l'Espagne ? »

Caspar entendit presque le petit « Voyez-vous ça ! » à la fin de la phrase. C'était donc ainsi que Mrs Collett embobinait ses enfants après une salve de vacheries : en leur posant une série de petites questions anodines auxquelles il eût semblé puéril, voire grossier, de ne pas répondre.

« Donc, tu n'as pas encore rencontré ses parents ?

– Non, pas encore.

– Ils n'ont pas réussi à venir le voir ?

– Il n'est là que depuis trois mois. »

Oh, Barbara ! Caspar lisait cela sur tous les visages autour de la table. Oh, Barbara ! Barbara ! Barbara !

« Ça ne fait pas bien longtemps, chérie...

– C'est suffisant.

– Bon, bon. Tu es sans doute mieux placée que moi pour le savoir. »

Cette dernière phrase dénotait un tel manque de conviction que même l'insensible Tory eut pitié de sa sœur et tenta de faire diversion. « Tu n'as pas pris de vin, Babs ! »

William se joignit à cet élan de sympathie en poussant vers Barbara la bouteille d'eau gazeuse qu'elle l'avait envoyé acheter à l'épicerie du coin.

« Je n'ai pas vraiment arrêté de boire, dit Barbara à la cantonade. C'est seulement pour les calories. N'oubliez pas qu'il faut que je rentre dans une robe de mariée. Je préférerais ressembler à une tente plutôt qu'à un chapiteau. »

Mais personne, pas même Gillyflower, pourtant tellement sentimentale, ne la laissa parler de sa robe de mariée. La conversation fut résolument détournée, d'abord sur les eaux minérales puis sur les malversations des compagnies des eaux, pour aboutir à l'état déplorable de nombreuses plages de Grande-Bretagne. Les gens obèses comme Barbara, pensa Caspar, se heurtaient exactement aux mêmes murs que William et lui : tout était fait pour dévier la conversation, mettre les discussions intéressantes sur des voies de garage, s'efforcer de ne pas parler de choses que les autres répugnaient à imaginer : une femme grassouillette ôtant sa robe d'un blanc virginal pour passer à l'acte ou des hommes faisant l'amour avec des hommes. Vite ! Faisons rouler la conversation sur la hausse du prix de l'eau minérale et les problèmes de livraison. Parlons des étrons qui se déposent sur les plages. N'importe quel sujet, fût-il assommant ou répugnant, plutôt que les mystères de la chair des gros ou des homos. Pourtant, la vie sexuelle de chacun demeurait un mystère – tant pour la personne concernée que pour les autres. Ainsi, Caspar ne s'expliquait toujours pas comment le quart d'heure bien peu satisfaisant passé avec ce garçon mal lavé de Weston-Super-Mare avait pu hanter tant de ses rêveries et alimenter tant de ses fantasmes. Comment quelques arpents d'algues gluantes pouvaient-elles...

« Caspar ? »

Il ramena son attention à ce qui se passait autour de lui. Où en étaient-ils ? Aux nitrates dans l'eau du robinet ? Aux directives de la Communauté économique européenne ?

« Caspar, toi qui as été marié. Pendant la cérémonie, qui est-ce qui... »

La garce. Victoria, reine des Garces ! Chaque fois qu'elle venait, elle s'employait imperturbablement à étayer la solide barrière de mondanités que sa mère dressait pour interdire tout propos sur la vie privée de Caspar, le réduisant pratiquement au silence. Et maintenant, comme cela l'arrangeait, elle dérogeait à ses foutus principes ! Bon, première chose à faire, lui clouer le bec.

« Je ne m'en souviens pas, Tory. Ça fait trop longtemps... »

Mais Mrs Collett sauta tout de suite sur l'occasion. Voilà qui apportait évidemment de l'eau à son moulin, la preuve qu'un mariage peut s'avérer une erreur fatale.

« J'ignorais que vous aviez une femme, Caspar.

– Je n'en ai pas. Mais Victoria a raison. J'ai été marié. »

Il se demandait d'ailleurs comment elle le savait. À moins que...

Mais, bien sûr. William foudroyait Barbara du regard. Et elle, prise en flagrant délit de gaffe, se mordait la lèvre. Il serait bien temps de revenir là-dessus avec eux deux plus tard. Pour l'heure, l'important était de damer le pion à l'ennemi.

« Et j'ai un fils », annonça-t-il en rassemblant autant de fierté qu'il le pouvait pour évoquer ce sinistre bon à rien, pique-assiette sur les bords, qui prenait son prétendu « stage de garde forestier » comme prétexte pour partager une roulotte dans le Northumberland avec deux beautés antillaises aux jambes de gazelle. « Il s'appelle Joshua.

– Quel âge a-t-il ? » s'empressa de demander Tory.

Une vision désagréable qui lui rappelait trop l'âge de William obligea Caspar à mentir. Et, comme chacun sait, quand on commence à mentir, il est difficile de s'arrêter.

« Il travaille pour une grosse société de matériel informatique, sur la côte sud. Il est actuellement dans la section divisionnaire de développement de gestion, mais à long terme... »

Pendant qu'ils mangeaient la salade de fruits et du fromage, il leur cassa les pieds à son tour, se vengeant de la méchanceté de Tory (et de cet insupportable verbiage à propos des eaux minérales et des plages polluées) en se lançant dans un exposé interminable et lénifiant sur un fils totalement imaginaire, son travail ennuyeux, son appartement très banal et sa voiture des plus ordinaires. Chaque fois qu'il sentait l'attention de quelqu'un lui échapper, il la rattrapait au vol. « C'est justement ce qui est intéressant avec les ordinateurs, Gillyflower... », « Vous connaissez sûrement cette région, Mrs Collett. Eh bien, un peu plus à l'est... », « Comme tu l'as peut-être lu dans les journaux, Victoria, la puissance d'accélération de cette gamme de berlines... ». William le regardait, à la fois subjugué et horrifié. Mais Barbara, trop bonne comme toujours, semblait réellement intéressée. Durant les quelques secondes où il se tut – il venait de se faire une belle frayeur : en cherchant son mouchoir dans sa poche, ses doigts avaient rencontré les extrémités poilues de la fausse moustache oubliée –, elle ne put s'empêcher de prendre la parole.

« Joshua a choisi lui-même la moquette saumon et les murs beiges ? Ou bien avait-il quelqu'un pour le conseiller ?

– Pardon ? »

Caspar était subitement décontenancé. Il avait commis l'erreur de jeter un coup d'œil vers Mrs Collett. Et cette fois, c'était bien de l'animosité qui se lisait dans son regard. Avait-il poussé le bouchon trop loin ? Se doutait-elle, voyant la tête de William, que Caspar faisait tout ce cirque pour se payer leurs têtes sous leur propre toit ? Elle s'était toujours méfiée de lui. Dès le début, elle avait fait comprendre qu'elle tenait Caspar pour responsable de la disgrâce dans laquelle était tombé William. Bien sûr, il était évident, même pour quelqu'un d'aussi enfermée dans son cocon d'égocentrisme que Mrs Collett, que son fils n'était pas innocent. Il avait déjà barboté en eau trouble, mais en quittant la maison pour s'installer avec un homme, il avait fait un pas de plus dans la déchéance. Il avait rendu publique sa dépravation (et l'échec de sa mère). Mais le vrai coupable, c'était Caspar. Car il était manifestement le plus fort des deux. Il avait de plus beaux costumes, plus d'argent, une voiture luxueuse – et vingt ans de plus. Une femme comme elle s'imaginait forcément que c'était Caspar qui portait la culotte. Et elle en concluait tout naturellement que, sans l'influence sexuelle de ce manipulateur, son William serait sorti depuis longtemps de cette crise, la plus incompréhensible et la plus répugnante de toutes. Il aurait grandi et se serait marié. Comme il se devait.

Pas étonnant qu'elle ne l'aimât pas. Et Caspar réalisa soudain qu'il le lui rendait bien. Elle était assise là, les lèvres pincées en signe de désapprobation, les doigts occupés à picorer çà et là des petits bouts de fil imaginaires. De quel droit le regardait-elle ainsi ? Elle avait consenti à tolérer sa présence. Elle lui avait permis, tant qu'il se tenait bien, de prendre place à la lisière de sa famille. Il avait eu l'aimable autorisation de sacrifier, plusieurs fois par an, quelques heures précieuses de son temps de présence à la clinique, pour accompagner ce fils ingrat dans ce bled oublié de Dieu, afin qu'il rendît visite à sa mère. Mais elle avait posé ses conditions. Pas d'allusion à la nature de leur relation. Pas un mot sur leur vie à Londres. Quant à la profession de Caspar, aussi prestigieuse fût-elle, c'était un sujet tabou : la conversation aurait pu dévier sur le sujet scabreux des tendances naturelles de l'homme. Caspar était donc censé rester sagement assis sur sa chaise, avoir l'air aimable et modeste, être d'accord avec tout le monde. Et passer le sucre quand on le lui demandait.

Eh bien, elle pouvait aller se faire foutre. Ainsi que toute cette maudite famille. Il fallait les voir lui lécher les bottes, prendre mille égards, tenir leurs langues, guetter ses humeurs comme des petits enfants sans défense qui dépendent de quelque méchante marâtre pour le gîte et le couvert. Il allait leur montrer un peu de quoi il était capable ! Combien de fois avait-il accompagné William dans cette sinistre antichambre de l'enfer ? Une douzaine au moins. Et chaque fois, il avait été sage comme une image. Il s'était bien tenu, avait observé les règles comme tous les autres. Exemplaire, comme Gillyflower ! Mais pas aujourd'hui ! Pas avec les trois Charmeurs de dragon de Miguel-Angel et les deux ou trois verres de chardonnay médiocre qui tournoyaient dans son estomac. Il en avait par-dessus la tête. Si elle et Tory l'emmerdeuse se permettaient tout à coup d'ouvrir la boîte de Pandore qui renfermait son passé et sa famille, il avait bien le droit d'ouvrir la leur. Et qu'y avait-il dedans ? Pour commencer, une demande de permis de construire concernant sept pavillons de style chalet, rien que ça ! Gare à vous, Mrs Collett. Il va vous arriver des ennuis.

Caspar se leva et s'adressa à Barbara :

« Je vais t'aider à débarrasser ça.

– Mais non, ce n'est pas la peine.

– S'il te plaît, laisse-moi faire. »

Il lui prit la pile d'assiettes des mains et la suivit hors de la pièce. Alors que Barbara se battait avec l'antique machine à café que Mrs Collett préférait à toutes celles qui lui avaient été offertes par ses filles, Caspar lui posa une main sur l'épaule.

« Barbara. »

Elle fit volte-face, surprise par son geste.

« Barbara. J'ai un service à te demander.

– Oh, Caspar ! » On lisait le soulagement sur son visage. (Qu'avait-elle imaginé ?) « Tout ce que tu veux, Caspar. Tu sais bien.

– Tout ? »

Elle ouvrit les bras.

« Si je peux, bien sûr.

– Alors promets-moi que tu vas me laisser t'offrir une grande fête au Partridge, pour ton mariage.

– À côté ? »

Elle était abasourdie.

« Oui. » Caspar prit ses deux mains dans les siennes. « Écoute, Barbara. Tu voulais fêter ton mariage dans ce jardin. Réfléchis. La moitié de la pelouse est à l'ombre de ce grand sycomore. Et c'est pareil de l'autre côté. Alors, il n'y a qu'à transporter les festivités là-bas. Tu seras exactement sous le même arbre. Chaque fois que tu lèveras la tête, ce sera presque pareil. »

Son regard plein d'espoir faisait presque pitié.

« Sous le même arbre...

– Oui, exactement. »

Elle parut subitement angoissée.

« Mais, Caspar ! Et Miguel-Angel ?

– Je suis certain qu'il sera content, affirma-t-il. C'est agréable, dans un sens, de faire la fête sur son lieu de travail. Comme ça, il aura lui aussi des invités.

– Oui, c'est vrai. »

Elle commençait presque à rêver, Caspar le voyait.

« Mais tu te rends compte d'une dépense ! »

Il serra chaleureusement ses mains avant de les relâcher.

« Ça me fait plaisir, répondit-il en toute sincérité.

– Tu es vraiment sérieux ? »

Caspar sourit.

« Voyons, Barbara, dit-il d'un ton enjôleur. Regarde-moi bien. Tu ne crois quand même pas qu'un mariage va me mettre sur la paille ! Je ne perds jamais le nord, et encore moins les pédales... »

Elle éclata de rire. Il avait gagné.

« Je suis ravi, lui dit-il. Et William sera aux anges. Absolument aux anges. »

À nouveau, elle eut l'air inquiet.

« Oui mais... et ma mère ? »

Caspar fit celui qui ne comprenait pas.

« Ta mère ? Je suis sûre qu'elle sera ravie aussi. Elle n'aura à s'occuper de rien, pas de souci à se faire. Juste le plaisir de savoir combien vous êtes heureux, Miguel-Angel et toi.

– Oh, Caspar ! Il faut que tu le rencontres !

– Absolument. »

Tout en installant les tasses à café sur le plateau, elle ne cessa de jacasser. Les invités. Comment les placer à table. Les parasols. Les amuse-gueule. Caspar n'écoutait pas. Prenant le sucrier et le pot de lait qu'elle lui tendait, il la suivit vers la table, l'air parfaitement innocent. Il s'installa pour assister au feu d'artifice.

« Maman...

– Pas pour moi, chérie. Juste une minuscule goutte de lait. »

Barbara fit passer le café, comme on venait de le lui ordonner. Puis elle tenta à nouveau sa chance.

« Maman, je crois que Caspar a résolu notre petit problème.

– Quel problème ? »

L'expression de Mrs Collett signifiait à la galerie qu'elle ne pensait pas avoir le moindre problème.

« À propos de l'endroit où fêter mon mariage.

– Ah oui ! »

Sa répugnance était évidente.

« On va faire ça à côté.

– À côté ? »

À en juger par son air perplexe, Mrs Collett ne saisit pas tout de suite.

« Tu ne veux pas dire au Partridge, dit Tory, incrédule. Un

verre d'eau au Partridge coûte les yeux de la tête. Alors, imagine une réception ! »

Barbara se tourna vers Caspar, le visage rayonnant de tendresse et de gratitude.

« C'est Caspar qui m'a gentiment proposé...

– Oh, vraiment ? »

Mrs Collett agrippa la nappe. Les tasses de café les plus proches d'elle sursautèrent, répandant des flaques sombres sur le blanc impeccable. Elle ne s'en aperçut même pas. L'effort physique qu'elle dut faire pour réprimer son intense irritation laissa son visage exsangue.

« Caspar, ne croyez-vous pas qu'il s'agit là d'une affaire strictement *privée* ? D'une chose dont seules les personnes concernées sont mieux à même de discuter ? »

Caspar haussa les épaules en disant d'un ton très amical : « J'aime à me considérer comme faisant partie de la famille. » Il tapota la main de Gillyflower. « Tu ne penses pas que je fais partie de la famille, Gillyflower ? »

Gillyflower rougit mais, voyant la tête que faisait sa mère, elle n'osa répondre. William réprima un ricanement plus nerveux qu'amusé. Et Tory, comme d'habitude, préféra se tourner vivement vers sa sœur.

« Barbara, tu n'aurais même pas dû laisser Caspar te proposer ça. C'est ridicule. D'abord, ça coûterait une fortune...

– Ça m'est égal, l'interrompit Caspar. Et si ça m'est égal, ça devrait l'être à tout le monde. »

Il dit cela en fixant Mrs Collett avec insistance. Le soupçonnait-elle d'avoir découvert ses projets pour le jardin ? C'était peu probable. Sinon, elle n'aurait pas été seulement fâchée mais folle de rage. Elle devait encore penser que c'était un coup de malchance, une simple coïncidence fâcheuse, certes, mais qui pouvait être promptement et facilement déjouée par quelques mots glissés à son complice qui s'activait énergiquement de l'autre côté du mur. « Ce serait beaucoup plus facile si je n'avais pas mes enfants sur le dos pendant que je règle cette affaire. Ils sont très attachés à ce jardin, c'est bien naturel. Ils ont grandi ici, et voir surgir sur une grande partie de leur domaine vos charmants petits chalets serait pour eux comme assister au déracinement de l'enfance merveilleuse qu'ils y ont passée. Sincèrement, je crois que moins ils auront le temps de ressasser ce projet, mieux ce sera. Donc, si vous pouviez... » Et la demande de Barbara serait inexorablement rejetée : « ... au regret de vous informer... sommes complets pour... »

Et en effet :

« Ne te fais pas d'illusions, ma chérie. Il paraît que c'est toujours complet, au Partridge. J'ai déjà entendu parler d'un ou deux couples qui n'ont pas pu réserver.

– Ah bon ? s'étonna Gillyflower. Qui ça ?

– Je ne pense pas que tu les connaisses.

– Moi, je les connais peut-être, dit William. J'ai rencontré pas mal de gens quand je travaillais là-bas. Comment s'appellent-ils ? »

Elle ne répondit pas. Caspar eut l'impression que tout à coup, elle ne savait plus quoi inventer. Jamais il ne l'avait vue aussi paniquée et désemparée. Il en était stupéfait. Il n'avait rien fait de plus que de jouer un coup sur l'échiquier familial. Après tout, se disait-il, si elle avait assez de culot pour couronner son patient travail d'extermination horticole par ce remarquable tour de force

– le démantèlement total du jardin dans lequel ses rejetons voyaient le paradis de leur enfance –, elle aurait certainement le cran de le leur annoncer. S'il n'avait pas été obligé de se justifier à propos de la fausse moustache et de la rencontre de Miguel-Angel, il l'aurait fait à sa place. Imaginez leur réaction !

Et soudain, quoique ce fût un peu tard, Caspar envisagea cette hypothèse. Tory bien sûr verrait rouge, ne fût-ce que pour des raisons écologiques. Il l'avait déjà entendue dire pis que pendre des constructions modernes plantées n'importe comment au milieu des vieux villages. De plus, elle n'avait pas une très haute opinion du Partridge. Elle râlait à tout bout de champ à propos de choses que Caspar ne remarquait même pas, portières de voitures claquant tard le soir et ombrelles en papier balancées par jeu dans la haie. Barbara, elle, piquerait une de ses crises aiguës et pleurerait comme un veau en énumérant tous les animaux familiers enterrés dans le jardin. Caspar, un jour, s'y était promené avec elle : elle s'interrompait constamment (et lui coupait la parole plus rarement) pour psalmodier religieusement : « Ça, c'est la tombe de Monty », ou « Tweety est enterré sous ce magnolia ». Au bout d'un moment, il avait eu l'impression que partout où il poserait le pied, il risquait d'entendre le craquement d'un bréchet ou le bruit spongieux d'une fourrure en putréfaction.

Mais William ! Il préférait ne pas penser à sa réaction. William était capable de se laisser aller à d'interminables crises d'hystérie. Il ferait sur-le-champ une scène de tous les diables – ce qui serait assez légitime. Mais même après avoir quitté la maison en furie et s'être enfermé dans la Rover, il continuerait. Pendant tout le voyage de retour à Londres. Et toute la nuit. Et ensuite pendant des jours, des semaines – tout le temps que demanderait la construction des bungalows. Peut-être des mois. Et même davantage. Caspar connaissait William et ses poussées de haine. Il avait assisté à quelques-unes de ces crises, du sérieux, mais jamais rien qui puisse être comparable. Celle-ci serait terrible. D'une intensité inimaginable. S'en suivrait une épuisante période de dépression. Il n'y aurait aucun autre sujet de conversation. Aucun. Les réponses exaspérées de Caspar seraient suspicieusement passées au crible, jugées inadéquates, et toute la colère accumulée contre Mrs Collett et ses projets retomberait sur Caspar comme autant de bombes.

Et Caspar ne le supporterait pas. Il connaissait ses limites. Ce serait la fin de sa relation avec William. L'ultime épreuve de force déboucherait sans doute sur quelque chose d'assez dérisoire qui permettrait à William de le condamner après coup auprès de leurs amis communs : le refus de Caspar de financer la recherche d'un énième conseiller juridique ou de perdre encore une journée à aider William à en trouver un lui-même. Mais en tout cas, ce serait une épreuve de force. William commencerait par remplir son énorme sac marin vert, comme il l'avait déjà fait plusieurs fois. Mais cette fois, Caspar ne serait pas à ses côtés pour lui tendre un à un les vêtements sortis de leur housse aussi vite que William pouvait les fourrer dans son sac. Caspar voyait d'ici la scène. Cette fois, il s'assiérait sur le lit et, avec un réel soulagement après des semaines de disputes enragées et de nuits blanches, il regarderait William partir pour de bon.

Était-ce vraiment ce qu'il souhaitait ? Voir le cours tranquille de sa vie brutalement interrompu à cause d'un jardin dont la seule évocation l'exaspérait au-delà de toute mesure ? N'était-ce pas déjà suffisant, toutes ces nuits précieuses interrompues par les cauchemars de William ? À quoi pensait-il donc, pour vouloir provoquer une éruption volcanique dont les retombées empoisonneraient toute leur vie, juste pour contrarier cette femme traquée et perplexe qui triturait nerveusement les fanons granuleux de son cou ?

Caspar fit un tour de table du regard. Barbara, toujours transportée de bonheur, tapotait le petit bourrelet de chair compris entre sa cage thoracique et la table, en plaisantant sur le peu de temps qu'il lui restait pour le perdre. William la taquinait gentiment en lui racontant quelque scénario irréaliste où on la verrait fondre de moitié, et Gilly gloussait à la vue des grimaces que faisait sa sœur en buvant son café sans lait et sans sucre. Même Tory, qui avait temporairement laissé le rôle de la râleuse à sa mère, avait perdu son habituel regard glacial.

Quant à Caspar, il se tenait assis sans mot dire, il réfléchissait. Comme Mrs Collett, il vivait un moment décisif. Comme elle, il avait le choix entre, d'un côté, un pandemonium total et instantané et, de l'autre, une minuscule chance de passer encore quelques semaines de tranquillité, couronnées par un *fait accompli* * habilement orchestré qui verrait ces bébés attardés enfin capables de quitter le merveilleux pays verdoyant de leur enfance pour entrer dans le monde réel.

Et, avec le sentiment d'être un salaud, un vrai salaud, Caspar choisit.

* En français dans le texte.

II

1

Trop d'années les séparaient...

Agité, incapable de trouver le sommeil, Caspar plongea la main dans le petit récipient posé près du lit. Il repoussa William qui était collé à lui et il le fit rouler sur le ventre. Puis il glissa doucement son doigt entre ses fesses et le ressortit. William se réveilla aussitôt et écarta la main de Caspar, non pour refuser ses avances mais pour inverser les rôles. Caspar se soumit avec soulagement et délice. C'était une des choses qu'il aimait particulièrement chez William : malgré son côté gamin, il préférait le plus souvent avoir le dessus (c'était le cas de le dire). William ne dit pas un mot et prit tout son temps. Après, croyant qu'il avait envie de parler, Caspar lui pressa une ou deux fois l'épaule. Mais ce fut seulement le lendemain matin, à la table du petit déjeuner, que la question de la lettre du Partridge arrivée le mercredi vint sur le tapis.

« Alors, comme ça, dit William qui détaillait pour la énième fois le devis exorbitant, en plus d'un mariage dans la famille, on va avoir une faillite.

– Ça en a tout l'air. »

William se mit à triturer nerveusement les objets posés sur la table, entraînant cuillers, pots de confiture, salière et poivrière dans une ronde frénétique.

« Je ne comprends vraiment pas pourquoi tu lui as proposé ça. Et au Partridge, en plus ! Tu as perdu la tête ! »

Ne voulant pas apprendre à William l'existence des documents révélateurs qu'il avait vus sur la table, Caspar se contenta d'une réponse évasive :

« Il fallait bien que quelqu'un fasse un geste pour Barbara.

– Oui, mais toi... » William faisait tourner les objets tellement vite maintenant qu'on pouvait s'attendre à de la casse d'un moment à l'autre. Caspar espérait seulement que ce ne serait pas la poivrière de terre mal cuite en forme de phallus que Joshua avait confectionnée après la séparation, sorte de clin d'œil humoristique et plein de tendresse. Il avança la main pour arracher à ce dangereux manège le souvenir de l'époque lointaine où son fils était si gentil.

« Et alors, pourquoi pas moi ?

– Oh, ça va, dit William sèchement. Je ne vois pas pourquoi tu te donnes tant de mal pour Barbara. » Il approcha son visage de celui de Caspar. « Je suis sûr que si tu n'étais pas allé traîner là-bas, si tu n'avais pas vu Miguel-Angel...

– Et bu trois de ses Charmeurs de dragon », lui rappela Caspar.

William grogna. La confiture faillit entrer en collision avec le sel. Caspar avança la main pour la rattraper.

« Et pourquoi ne me donnerais-je pas du mal pour Barbara ? demanda-t-il. Je l'aime bien. » Et comme William ne lui offrait pour toute réponse qu'un deuxième grognement de mépris, Caspar ne put s'empêcher d'ajouter, pour se justifier : « Toi aussi, tu l'aimes bien.

– Moi, j'ai des raisons de l'aimer, répliqua William avec froideur. C'est ma sœur. Et elle a toujours été de mon côté. Quand tous les autres souhaitaient secrètement que je disparaisse dans un nuage de fumée ou crevaient de honte chaque fois qu'il devaient me présenter à leurs amis et trouvaient toujours une excuse pour laisser leur chers bambins à la maison, loin de l'oncle William, elle était super-chouette avec moi. »

Caspar posa la main sur l'une de celles qui, en face de lui, continuaient à faire tournoyer sur la table les ingrédients du petit déjeuner. Pendant si longtemps il avait réussi à cacher son homosexualité (s'étant menti à lui-même, il avait fait de son mieux ensuite pour mentir aux autres), si bien qu'il était bouleversé chaque fois qu'il se souvenait que pour un amant plus jeune la souffrance était bien plus grande lorsqu'il révélait la nature de sa passion que lorsqu'il la dissimulait. Décidément, le monde serait éternellement divisé entre ceux qui vivaient bien la chose et ceux qui la vivaient mal. Caspar, quant à lui, ne pouvait oublier combien Clara avait été raisonnable et courageuse. Certes, en douze ans de vie commune, elle avait eu le temps de découvrir des indices ; il y avait eu aussi une ou deux disputes lorsqu'elle l'avait surpris, comme elle le disait si cruellement, « en train de baver d'envie devant d'autres hommes ». Mais chaque fois elle avait eu la sagesse de ne pas s'apesantir sur la question. Jusqu'au jour où il avait avoué et où elle était partie en emmenant Joshua. Il n'avait jamais pu effacer la culpabilité et le dégoût de lui-même qu'il éprouvait d'avoir bêtement nié ses propres sentiments pendant si longtemps, faisant ainsi dérailler trois vies. Néanmoins, il trouvait réconfortant, d'une certaine façon, que Clara ne lui eût pas jeté la pierre. « Ne t'en fais pas. Ce serait sûrement arrivé de toute façon. Tout le monde divorce. »

« Elle a été vraiment sympa ! »

Caspar sortit de sa rêverie en réalisant avec soulagement que cette phrase, qui semblait faire écho à ses propres pensées, n'était qu'une exclamation de William poursuivant son histoire. « Barbara a été *géniale*, dès le début. C'est elle qui a révélé à Papa certaines choses de la vie que manifestement il ignorait, c'est elle qui a envoyé Gilly chercher Maman dans le fond du jardin où elle s'était enfuie à toutes jambes, c'est elle qui a dit à Tory de continuer à farcir la dinde...

– Tu ne leur as quand même pas annoncé ça le jour de Noël ! » (Franchement, c'était une vraie malédiction de devoir révéler une chose pareille. Caspar se sentit tout à coup un peu moins mal d'avoir attendu ce dimanche après-midi gris et pluvieux, peu après ses quarante ans.)

William lui jeta un regard mauvais.

« Qu'est-ce qu'il y a de mal à ça ?

– Rien. » Caspar se leva précipitamment de table pour aller poser son assiette et son couteau dans l'évier. Leur différence d'âge semblait être une vie entière. Caspar ne regretterait jamais de s'être fait passer pour « normal » dans sa vie de tous les jours. C'était le meilleur moyen de protéger son intimité, et Dieu sait s'il était de nature solitaire et peu loquace. Dès l'âge de six ou sept ans, il avait su ce qu'il fallait garder secret et comment. Un matin, il était assis près de sa mère à la table de la cuisine, lorsqu'un homme dont il avait complètement oublié le nom et le visage s'était levé en repoussant brusquement sa chaise. « Bon, il faut que j'y aille, avait-il dit comme à regret. Mon mec va se demander où je suis passé. » Caspar eut l'impression de recevoir une décharge électrique, bien qu'à l'époque il n'eût pas la moindre idée de ce que ce visiteur avait voulu dire. Peut-être y avait-il un plombier qui l'attendait sur le pas de sa porte, ou un partenaire de tennis qui s'impatientait sur un court. C'était bien dans son caractère d'enfant, se disait Caspar, de n'avoir pas demandé à sa mère – ni ce jour-là ni plus tard – une explication sur ces mots, « mon mec », qui l'avaient turlupiné pendant des semaines. D'ailleurs, il n'avait jamais dit quoi que ce fût de sa façon de vivre à aucun membre de sa famille. Ce qui n'avait pas été difficile. En regardant en arrière, Caspar ne voyait qu'une succession d'institutions sourdes et aveugles qui mettaient un point d'honneur à ne pas remarquer qu'il était différent. Des parents qui avaient peur de voir, des écoles qui avaient peur d'admettre, des collègues qui avaient peur de discuter. Tout le monde concourait à encourager sa duplicité. Résultat : il lui avait fallu des années pour assembler les pièces du puzzle, les fragments affligeants et honteux de son expérience, et regarder la vérité en face. Comble de malchance, les femmes avaient un faible pour les hommes en blouse blanche. À son grand désarroi, il avait toujours inspiré de l'affection à des femmes qui, sans invite et sans vergogne, revendiquaient d'emblée de l'amour. L'une des causes du problème était la faculté qu'avait Caspar de se taire. Les femmes s'empressaient de combler ses silences avec des confidences embarrassantes ; puis, horreur, avec des déclarations d'amour, et, dans les pires des cas, avec des exigences. Il se demandait toujours : « Mais qu'est-ce que j'ai fait ? » Et la réponse était toujours la même. Curieusement, son absence de réaction semblait encourager la nouvelle venue au lieu de lui donner à réfléchir. Chaque fois que cela se produisait, Caspar constatait avec effarement que, par sa seule présence dans tel hôpital ou dans telle réunion, il avait encore suscité, chez quelque pauvre femme, des sentiments auxquels il ne pouvait répondre, des désirs qu'il ne pouvait satisfaire. À cet égard, son mariage passé pesait sur lui comme une malédiction. Il lui semblait entendre les messes basses dans les couloirs, lorsqu'il passait. « Vous croyez qu'il est... ? » « Non, je ne crois pas. Il a été marié longtemps. » Il aurait suffi, bien des fois, d'un seul mot pour dissiper le malentendu et s'épargner bien de l'embarras et du tourment. Mais il était incapable de le prononcer. Comment un homme de son âge, formé à la vieille école, aurait-il pu sauter le pas ? William pourrait le traiter de sale bourgeois conformiste et le tancer jusqu'à la fin des temps à propos de ses responsabilités envers toute une communauté. « Comment peux-tu te prélasser dans ton petit confort personnel pendant que d'autres mènent le combat à ta place ? »

Mais Caspar le pouvait.

En posant la dernière assiette rincée sur l'égouttoir, il se dit – et ce n'était ni la première ni la dernière fois – que, décidément, trop d'années les séparaient.

2

Médecin, soigne-toi toi-même

Barbara fut aussi scandalisée que son frère par le devis du Partridge.

« Ça ne peut pas coûter ce prix-là, balbutia-t-elle. C'est absolument délirant. Il doit y avoir une erreur quelque part. » Elle promena son index sur l'épaisse feuille de papier couleur crème où figuraient les différents postes de dépense : fleurs, champagne, tables, pièce montée...

« Tu as vérifié les chiffres ? » demanda-t-elle à William, toujours hébétée, en lui montrant le devis. Mais ce fut Miguel-Angel qui lui prit la feuille des mains. Il recula la tête et l'examina.

« Ça a l'air bien, non ?

– Bien ? dit William, outré. C'est carrément princier. »

Caspar le regarda en fronçant sévèrement les sourcils.

« C'est parfait », dit-il, rassurant Miguel-Angel. Celui-ci haussa les épaules. Barbara lui arracha le papier et le brandit sous le nez de Caspar.

« Non, c'est impossible. Nous ne pouvons pas accepter. Si j'avais eu la moindre idée de...

– Voyons, Barbara ! La réservation est déjà faite. »

Il ne put cependant s'empêcher de loucher sur le total, un chiffre astronomique inscrit dans un caractère gras qui le rendait plus effrayant encore. Il n'y avait pas de quoi ruiner un homme qui avait de gros moyens. Et ce n'était sans doute pas si énorme à l'aune des normes internationales. Mais cela représentait une assez coquette somme pour vous faire réfléchir sur le bien-fondé du mariage, tant comme institution que comme choix personnel. Caspar n'était pas encore en mesure de jauger Barbara et Miguel-Angel et de se demander s'ils en valaient la peine. Mais il pouvait toujours essayer de chasser de son esprit les visions de ce à quoi il devrait renoncer – des vacances de luxe, un versement important à son capital-retraite et peut-être même une ou deux lithographies – en se disant qu'après tout, Barbara était considérablement moins vilaine à regarder que la dernière fois qu'il l'avait vue. Trois semaines d'eau gazeuse avaient payé : elle n'avait plus cet abominable aspect bouffi. Elle n'était pas très loin de devenir jolie. Encore heureux. Une mariée qui coûte aussi cher se doit d'être sacrément belle.

« Tu as l'air en pleine forme.

– Trop occupée pour m'empiffrer, dit-elle avec fierté. Les Weightwatchers le lundi, la couturière le mardi, les cours d'espagnol le mercredi, les cours d'instruction le jeudi... »

La tête de William valait le coup d'œil.

« D'instruction... religieuse ? »

L'intervention de Miguel-Angel, rapide, efficace, fut la meilleure preuve possible des vertus de l'enseignement catholique. D'un bond, il fut debout.

« Et le vendredi, nous dansons ! »

Il tendit une main à Barbara qui se leva de bon gré. Ils ne firent qu'un ou deux tours. (Miguel-Angel n'aimait manifestement pas se donner en spectacle.) Mais avec une certaine grâce. Le sol n'avait pas tremblé. Les fenêtres n'avaient pas vibré. Comme tout le monde, Caspar avait toujours entendu raconter avec attendrissement que les obèses devenaient gracieux quand ils se mettaient à danser. Il n'en avait jamais cru un mot. Combien de fois s'était-il dit que les montgolfières qu'il pénétrait manuellement ou par cœlioscopie devaient avoir du mal à entrer et sortir des toilettes pour dames sans causer d'importants dégâts matériels. Et voilà que Barbara lui prouvait le contraire.

Miguel-Angel la reconduisit à sa chaise d'un geste gracieux.

« Et comment ça va, au Domaine ? » demanda Caspar qui voulait essayer, avec autant d'élégance, de faire comprendre à Miguel-Angel qu'il était partisan, lui aussi, d'une manœuvre de diversion. Cet homme n'était là que depuis cinq minutes mais de son tout premier geste (d'un doigt, il avait dessiné la forme d'une moustache au-dessus de sa lèvre supérieure, tout en faisant un clin d'œil à Caspar derrière le dos de Barbara), Caspar avait déduit qu'il avait enfin trouvé un allié sûr pour empêcher les débordements émotionnels de la tribu Collett. Il tendit à Miguel-Angel son sherry et à Barbara son verre d'eau gazeuse. « Tout le monde va bien ? » insista-t-il.

« Je ne sais pas, répondit Barbara d'un ton enjoué. Je n'y suis pas allée depuis des semaines. Depuis la grande engueulade. »

Devinant leur perplexité, elle leva le nez des bulles qui sautillaient à la surface de l'eau.

« Vous en avez sûrement entendu parler ?

– De quoi ? » demanda William.

Barbara rougit.

« Après votre départ, Maman et moi avons eu une petite prise de bec.

– Tu t'es engueulée avec Maman ? »

Barbara acquiesça et marqua une pause avant d'ajouter fièrement :

« Et avec Tory. Et Gillyflower.

– Et tu ne les as pas revues depuis ?

– J'attends toujours leurs excuses, dit Barbara d'un ton dégagé.

– Depuis trois semaines ? » Il se tourna vers Caspar d'un geste théâtral qui fit hausser à Miguel-Angel un sourcil réprobateur. « Ça fait trois semaines qu'elle ne parle plus aux autres personnes invitées au mariage et elle ne me le dit même pas ! »

Il se rappela, mais un peu tard, que ce n'était pas lui qui allait payer la note.

« Ni à toi », s'empressa-t-il d'ajouter.

Après un coup d'œil prudent à Miguel-Angel, Barbara tenta de se justifier.

« Je voulais te téléphoner, William. En fait, je suis sûre que j'ai essayé deux ou trois fois juste après. Mais tu n'étais pas encore rentré. » Elle agita ses petites mains potelées pour essayer de masquer le fait que son explication ne tenait pas debout. « Et après... » Elle haussa les épaules. « Oh, tu sais bien...

– Non. Je ne sais pas. »

Caspar non plus ne savait pas. Il dévisagea Barbara avec le même étonnement que William avant de se tourner vers Miguel-Angel, mais quelque chose sur cet impassible visage taillé à la serpe lui fit comprendre qu'il ne s'abaisserait pas à prendre part à la conversation, ni même à offrir le moindre éclaircissement.

Devant Caspar qui continuait à le regarder, il prit une des revues médicales que celui-ci avait pensé *in extremis* à substituer aux divers magazines « spécialisés » que William s'obstinait à laisser traîner, et s'y plongea.

Caspar revint à Barbara. Mais, visiblement pressée de changer de sujet, elle concentra ostensiblement son attention sur les meubles et la décoration raffinée de la pièce où ils se trouvaient. Ce qui étonnait le plus Caspar, c'était l'extraordinaire métamorphose qui s'était opérée chez cette femme en l'espace de trois semaines. Qu'était devenue la grosse mollassonne peureuse et geignarde qui téléphonait tous les soirs à son frère pendant des heures pour se plaindre de quelque vacherie de Mrs Collett ? Disparue. Envolée. À sa place trônait cette matrone pleine de sérénité. Plutôt que de se soumettre à une enquête en règle sur un point qui, à l'approche du mariage, pouvait déclencher un grave conflit familial, elle préférait clairement se livrer à un examen discret de la qualité des tapis et du plissé des doubles rideaux. C'était à n'en pas douter l'œuvre de Miguel-Angel. Caspar le connaissait depuis peu mais il le sentait capable de communiquer à son entourage une indifférence émotionnelle quasi palpable. Mais comment avait-il réussi à persuader Barbara ? Avait-il les poches remplies de poudre de perlimpinpin ? Usait-il d'une baguette magique ?

En regardant cet étranger étonnamment sûr de lui feuilleter en toute quiétude une revue absconse ne parlant que de sutures, de greffes et d'adhésions mésentériques, Caspar fut violemment frappé par une révélation : son admiration pour lui était teintée d'envie. Si seulement il avait pu, avec autant de succès, débarrasser William de son obsession de la famille et l'arracher à ses vieux schémas mentaux ! Il était déjà en train de harceler sa sœur pour avoir des détails. C'était un besoin maladif chez lui.

« L'engueulade, Barbara. Raconte l'engueulade ! »

Machinalement, Barbara prit le paquet de cigarettes que Caspar avait laissé sur la table basse. Au moment même où il réalisait qu'il ne l'avait pas encore vue fumer depuis son arrivée, elle en prit une. Avant qu'elle ait pu la porter à ses lèvres, Miguel-Angel surgit de derrière sa revue médicale comme la lune de derrière les nuages et la lui arracha des doigts. Caspar s'attendait à ce qu'il remît gentiment la cigarette dans le paquet. Mais non. Sans un mot, il la cassa en deux et la jeta dans le cendrier avant de retourner calmement à sa lecture.

C'était, après tout, un moyen comme un autre de l'empêcher d'enfumer les autres. Caspar n'en revenait pas. Son émerveillement grandissant devant les pouvoirs de Miguel-Angel le laissa un instant rêveur. Dans l'intervalle, Barbara avait fini par céder aux injonctions de William : repartant du début, elle s'était lancée dans un récit fantastique qu'elle distillait par bribes et où l'on comprenait, pour autant que Caspar pût suivre, que l'extrême tiédeur avec laquelle Mrs Collett envisageait de rencontrer son futur gendre (« J'ai bien peur d'être un peu trop occupée la semaine prochaine ») avait humilié Barbara une fois de trop, l'amenant au bord de l'explosion. Et lorsque sa mère, après avoir rejeté toutes les possibilités qui lui étaient proposées, avait eu l'aplomb de conclure par une politesse qui confinait à l'hypocrisie psychopathologique (« En tout cas, ma chérie, j'espère vraiment avoir l'occasion de le rencontrer bientôt »), Barbara s'était rebiffée.

« Ne te réjouis pas trop vite, lui ai-je dit. Si ça continue comme ça, tu pourras attendre longtemps. »

Caspar vit William se pencher en avant pour mieux savourer les détails de ce duel palpitant.

« Qu'est-ce qu'elle a répondu ? »

Barbara haussa les épaules.

« Rien. Elle a juste fait sa tête de piège à rats. Évidemment, Gilly a tout de suite hissé le drapeau blanc en faisant l'idiote pour me donner une chance de me rattraper, de reculer d'un pas pour éviter le précipice.

– Qu'est-ce qu'elle a dit ? »

La carapace d'indifférence de Barbara se craquela.

« Tu ne vas pas me croire. Elle a dit : "Pourquoi ? Tes fiançailles vont durer longtemps ?" »

William éclata de rire. « Oh, bel effort, Gillyflower ! » De plus en plus passionné, il se pencha encore, presque au point de tomber de sa chaise. « Et toi, tu as continué à enfoncer le clou ?

– Absolument. J'ai dit à tout le monde : "Non. Nos fiançailles ne seront pas très longues. Mais Maman attendra longtemps. Si elle ne veut pas se donner la peine de rencontrer Miguel-Angel alors qu'il travaille juste à côté, elle ne le rencontrera pas non plus au mariage. Parce qu'elle ne sera pas invitée !" »

Le visage de William resplendissait de ravissement. Caspar l'avait rarement vu aussi exalté.

« J'imagine qu'elle n'a pas dû s'éterniser après ça !

– Elle s'est levée comme une fusée. Mais moi aussi. Je suis arrivée à la porte avant Tory et Gilly et je les ai empêchées de la rattraper. » Toute à sa jubilation, qui égalait largement celle de William, elle ne remarqua pas que Miguel-Angel avait abaissé son journal et la fixait d'un air sévère. Emportée par son récit, elle poursuivit avec délectation : « Laisse-moi te dire qu'elles avaient l'air absolument horrifiées, toutes les deux, comme si j'étais une épouvantable sorcière révélant le sort que j'avais jeté à la famille. "Je deviens dingue", je leur ai dit. "J'en ai marre. Je ne lui ai jamais rien demandé de ma vie. Rien. Quand je pense à tout ce que j'ai fait pour elle ces dernières années, pendant qu'elle restait assise là sans même daigner me dire merci. Ça la fera réfléchir un peu. Et vous aussi. Je parle sérieusement. Vous pouvez lui courir après dans le jardin des milliers de fois. Si elle est trop vache pour me laisser fêter mon mariage ici, si elle ne se donne même pas la peine de faire la connaissance de l'homme que j'aime, alors elle peut aller se faire voir : elle ne viendra pas à mon mariage. Et si vous n'êtes pas de mon côté, vous ne viendrez pas non plus !"

– Bon sang ! s'exclama William. Tu as dit tout ça ?

– Parfaitement ! répondit Barbara. Et elles ne l'ont pas volé. »

Transporté de joie, William prit sa sœur dans ses bras. Son visage rayonnait, son bonheur était total. Le Domaine 2, le Reste du Monde 0, pensa Caspar avec amertume en se souvenant des sanglots de Barbara lorsqu'elle lui avait révélé, dans l'escalier, que tout ce qui n'était pas lié au royaume de son enfance n'était rien d'autre qu'une vie en ombre chinoise. Il se rendit compte tout à coup qu'elle aurait pu tout aussi bien parler au nom de son frère. De ce point de vue au moins, ils auraient pu être jumeaux. Malgré ses efforts, en cinq ans il n'avait jamais réussi à faire naître un tel éclat dans les yeux de William, ni à capter son attention aussi intensément.

« Et Tory, qu'est-ce qu'elle a dit ?

– Oh, elle était furieuse. Et Gilly...

– Barbara, ça suffit ! »

Le regard sévère avait pu passer inaperçu par-dessus le journal. La voix sévère ne manqua pas son but. Instantanément, Barbara prit son air le plus repentant.

« Pardon, Miguel-Angel ! Je ne voulais vraiment pas continuer. J'ai oublié. »

William était scandalisé.

« Excuse-moi, lança-t-il d'un ton glacial à son futur beau-frère, mais Barbara et moi étions en plein milieu d'une conversation.

– Non, rectifia Miguel-Angel. Barbara avait fini. »

Le fier Espagnol se replongea calmement dans son magazine.

William se tourna vers Barbara.

« Et tu acceptes ça ? »

Caspar vit Barbara prendre une profonde inspiration.

« Oui, dit-elle. Oui, j'accepte. Parce que je pense qu'il a raison. Nous ne savons parler que de choses qui concernent le Domaine, toi et moi. C'est une mauvaise habitude et ça ne sert à rien. Nous ne sommes plus des enfants, et moi, j'arrête. »

Elle écarta les bras.

« C'est comme les cigarettes. J'arrête.

– Alors ce type te dit “va te jeter à l'eau” et tu y vas ?

– Non, répondit-elle avec fermeté. J'ai écouté ce qu'il avait à dire et après mûre réflexion, je me suis rendu compte que j'étais d'accord avec lui. »

Caspar fit un pas en avant. William avait l'œil mauvais. Mais il se ressaisit.

« Et qu'a-t-il à dire, Miguel-Angel ? »

L'intéressé laissa tomber sa revue par terre et se leva.

« Je dis, commença-t-il lentement et distinctement, qu'une famille comme celle-ci n'est pas une famille. » Il tendit la main à Barbara qui se leva docilement pour le rejoindre. « Je dis que désormais Barbara est à moi. Elle n'appartient plus ni à sa mère ni à ses sœurs. Je dis que le passé est le passé et que le futur commence. »

Dans le silence qui suivit, Caspar se laissa tomber sur le bras du fauteuil le plus proche. Barbara fut aussitôt près de lui. Interprétant complètement de travers ce moment de faiblesse, elle se confondit en excuses.

« Oh, Caspar ! Tu as été si généreux et nous voilà en train de nous chamailler sous ton toit. Je suis désolée ! »

Il secoua la tête. « Voyons, Barbara, ne dis pas de bêtise ! » Il lui tapota la main. Comment aurait-il pu lui expliquer que ce n'était pas à cause de cette dispute que le sol chavirait, que les murs tremblaient, que l'air tourbillonnait autour de lui ? C'était à cause de ce modèle de sagesse. À cause de Miguel-Angel. Un homme comme lui méritait un mariage de prince. Caspar l'imaginait déjà devant l'autel – légèrement guindé, presque grave, tout de blanc vêtu, car c'était un héros intrépide, un vrai dieu. Oui, Caspar était étourdi. Étourdi de désir. Non pas pour le corps musclé de l'Espagnol, ni sa force, ni sa vertu sans égale. Ce qui le faisait trembler au plus profond de lui, ce qui l'étourdissait, c'était ce désir intense et insatiable qui l'avait envahi sans crier gare, lui, le plus circonspect des médecins, lui, le plus prudent des citoyens, ce désir de payer le mariage de cet homme, même si ça lui coûtait les yeux de la terre...

Les yeux de la terre... Ce lapsus mental le fit sursauter. Oh, mon Dieu ! Il entendait à peine les excuses de Barbara tellement le sang battait fort à ses tempes. Au prix d'un effort surhumain, il parvint à se dégager de l'étreinte protectrice de Barbara et tenta de reprendre ses esprits.

« Vraiment, ce n'est rien. J'ai eu un petit vertige, c'est tout.

– Toutes ces histoires ! insista Barbara. C'est trop, pour tout le monde. »

Il acquiesça mais dans les brumes de sa vision troublée s'annonçaient des problèmes autrement plus graves. Étonnant que le pot aux roses n'eût pas encore été découvert. Cela s'expliquait en partie par les étonnantes révélations de Barbara sur son emploi du temps. Si elle sortait tous les soirs pour danser, prier, apprendre à jeûner et essayer des robes, elle ne pouvait pas être à l'hôpital pour décrocher le téléphone. Donc la demande de permis de construire de Mrs Collett faisait tranquillement son petit bonhomme de chemin (sans doute en triple exemplaire) dans un conseil municipal rural nonchalant où tout le monde connaissait tout le monde depuis l'école maternelle et où chacun avait épousé quelque lointain cousin. La nouvelle n'avait donc pas encore filtré. Trois semaines plus tôt, Caspar pensait qu'il ne se passerait pas deux ou trois jours avant qu'une ancienne camarade de classe de Barbara ne lui téléphone : « J'ai entendu dire par un ami qui travaille au cadastre que finalement ta mère a décidé de vendre ce merveilleux jardin », ou qu'un vieux bonhomme en tenue de jardinier ne vienne frapper à la portière de sa voiture au moment où elle franchissait le portail pour placer sa requête : « Vous direz à votre mère que si elle cherche une bonne maison pour son *japonica* nain avant que les bulldozers ne l'arrachent... »

Mais Barbara n'était pas revenue. Elle ne savait rien. Les bulldozers étaient pratiquement à la grille et seuls Caspar et Mrs Collett, unis dans la conspiration (bien qu'elle l'ignorât), le savaient. Dans l'esprit coupable de Caspar grondait le bruit trépidant des mâchoires mécaniques géantes prenant leur première bouchée de terre. Il voyait des faisceaux de racines se disloquer, des rosiers chanceler et tomber sur des pentes boueuses jonchées d'arbres fruitiers déchiquetés et de fleurs réduites en bouillie. Il décolla sa chemise de sa poitrine pour essayer de reprendre son souffle. La peur l'avait envahi d'un seul coup.

« Ça va, Caspar ? Tu es tout pâle.

– Ça va, ça va. »

Détends les épaules, respire lentement, prends ton temps... médecin, soigne-toi toi-même.

« Je t'assure que ça va. »

3

« *Donne-moi le clair de lune...* »

Allongé sur l'herbe humide, Caspar contemplait le ciel à travers le feuillage argenté du sycomore.

« *Donne-moi le clair de lune* », se mit-il à chantonner en agitant ses mains presque bleues dans la lumière laiteuse qui l'inondait. « *Donne-moi la fille. Et quitte le...*

– Chut ! ordonna William.

– Chut toi-même !

– Chut ! répéta William. Je réfléchis. »

Plus d'une fois, Caspar le gynécologue, quand il n'était pas de garde, avait dû réfléchir et prendre des décisions capitales pour la vie de ses patientes tout en écoutant William d'une oreille. Mais, il le savait bien, il n'y a que les naïfs pour croire que la vie à deux suppose l'égalité des droits. Il obéit donc, se contentant de fredonner la chanson dans sa tête. À quoi bon gâcher une si belle nuit ? Et elle était vraiment belle. C'était même la plus belle dont il se souvînt. La lune était resplendissante. Énorme. Elle répandait une lumière étonnamment magique. L'arbre, au-dessus de lui, était une splendeur. Une voûte extraordinaire. Et ses branches, la majesté de leurs bras dressés vers le ciel, l'harmonie de leurs enlacements !

« C'est à croire que Dieu existe...

– Chut ! »

Et toutes les ombres autour. Certaines avaient des formes douces et pleines, d'autres étaient étranges, fantomatiques, d'autres encore n'étaient que des taches fugaces d'un noir plus profond.

« On devrait vivre dehors, tu sais. Dormir dehors.

– Tais-toi, Caspar ! »

Pourquoi devait-il se taire ? Personne ne pouvait l'entendre. Quelle heure était-il ? Quatre heures du matin. La dernière heure avant l'aube. Même Mrs Collett devait dormir.

« Ça y est, déclara William. Je crois que je sais. »

Si c'était vrai, il avait du mérite. D'après ce que Caspar avait cru comprendre des instructions de Barbara, ce raid était « Mission impossible ». Elle devrait être encore au même endroit, avait-elle dit à son frère. Dans la vieille boîte à biscuits enterrée près de l'allée pavée.

– Celle qu'elle a démolie l'an dernier ?

– Non, idiot. Celle qu'elle a fait disparaître il y a des années quand elle a viré les châssis.

– Le long de la haie de buis ?

– Quelle haie de buis ?

– Mais tu sais bien, la haie qui allait de l'endroit où il y avait le *laburnum*, jusqu'à cet acacia qu'elle avait abattu.

– Ah, oui ! » Son regard s'éclaira. « Ça fait tellement longtemps qu'elle n'est plus là que je l'avais oubliée, cette haie. Oui, oui. C'est bien cette allée-là. Alors tu descends là où il y avait l'allée...

– Donc je passe devant ce charmant vieux banc de bois.

– Quel vieux banc de bois ?

– Oh bon, je sais, il n'y est plus ! répondit-il d'un ton brusque.

– Bon. Tu passes devant l'endroit où se trouvait ce vieux banc en bois et ensuite, tout près de là où il y avait le cerisier, tu devrais trouver une petite pente là où l'escalier...

– À moins qu'elle n'ait fait disparaître aussi cette pente.

– C'est possible. Je n'y suis pas allée depuis longtemps. Mais tu ne peux pas te tromper. La boîte était à environ cinquante centimètres à gauche du troisième pavé à partir du cadran solaire.

– Le cadran solaire ? » dit Caspar sans réfléchir.

Ils se retournèrent tous les deux et le regardèrent de travers.

« Pardon, dit Caspar.

– En tout cas, reprit Barbara en s'adressant à son frère, elle est là. Tu crois que tu trouveras ?

– Bien sûr, répondit William avec assurance. Je suis certain que j'y arriverai.

– Ne me rapporte pas toute la boîte, ajouta Barbara. Je préfère qu'elle reste enterrée là-bas. Rapporte-moi seulement les perles de verre bleues.

– Les perles de verre bleues. Compte sur moi. »

Ils étaient donc là, en plein cœur de la nuit. Dans ce jardin qui, lui aussi, semblait avoir un cœur. On eut dit qu'il vivait, respirait, sentait. Un monde à part, hors du temps, qui regardait ces deux intrus et écoutait William marmonner dans sa barbe.

« Je n'y comprends rien. Le poirier ne peut quand même pas avoir disparu. L'ancienne serre était là, c'est clair. On voit encore les restes du soubassement en briques. Et le mur est forcément à la même place, bon Dieu...

– Le mur, bravo !

– Chut ! » William regardait désespérément autour de lui. « Alors où diable était cette haie de buis ? Je ne m'y retrouve pas. Trop de choses ont disparu. »

Il tomba à genoux près de Caspar.

« Avant, c'était un véritable labyrinthe ici, plein de recoins, dit-il. De petites cachettes. De petits chemins. D'endroits d'où on pouvait voir sans être vu. D'autres où on pouvait disparaître. » Il étendit les mains dans le clair de lune. « Regarde-moi ça. On se croirait dans la steppe, maintenant. Il ne reste rien. Rien que ce gazon de merde ! »

Sentant que la panique montait, Caspar agit très vite. Il s'agenouilla immédiatement et prit les mains tremblantes de William dans les siennes.

« Ferme les yeux. Expire lentement. Détends les épaules. »

William fit une grimace mais il obéit. Son pouls ralentit peu à peu sous le pouce expert de Caspar qui, pendant ce temps, réfléchissait. De deux choses l'une : ou bien il jouait le jeu avec William, ou bien il le ramenait. Il aurait mieux valu le ramener. Mais cela voulait dire affronter Barbara sans le contenu de la boîte à biscuits. Et elle semblait tenir énormément à ces perles de verre. « Quelque chose de neuf, quelque chose de vieux, quelque chose d'emprunté, quelque chose de bleu. » Ce que les bonnes femmes pouvaient vous faire perdre comme temps avec leurs mystères ! Pas étonnant qu'elles fussent si peu nombreuses à faire carrière.

Il valait mieux continuer. Et Caspar était persuadé que William tiendrait le coup. Si ses patientes étaient capables de surmonter la douleur (et parfois une douleur atroce), William pouvait bien triompher de sa mémoire. Tout y était gravé, comme en témoignaient ces innombrables nuits gâchées.

« Garde les yeux fermés. »

Caspar aida William à se lever et le fit tourner pour le mettre face au seul point de repère sûr, le mur.

« Ouvre les yeux. »

William les ouvrit en battant ostensiblement des paupières. Aussitôt, l'idée vint à Caspar que c'était sans doute là l'unique occasion qu'il aurait jamais de violer (à la fois) le fils et le jardin de Mrs Collett. Mais ce n'était vraiment pas le moment et cela l'irrita tellement qu'il décida d'ignorer cette pensée.

« Regarde le mur. Ça y est ? Maintenant referme les yeux. Et garde-les fermés. Détends-toi. Essaie de te souvenir. Reviens en arrière. Loin. Tu as neuf ans. Tu es tout seul dehors dans le noir. Tu as vu le mur. Tu sais exactement où tu es. Tu connais ce jardin jusqu'à la moindre feuille. Tu n'as pas besoin d'aide. Tu connais le chemin. »

Il lâcha William et attendit. Et William se mit en marche assez calmement sur l'herbe sombre, passant devant toutes les choses qui n'étaient plus là, caressant du bout des doigts le vieux banc de bois (à moins que ce ne fût le tronc du cerisier). Il traversa la pelouse avec une parfaite assurance, faisant ici un pas à gauche, décrivant là un large virage, comme ces oiseaux dont Caspar avait lu qu'après des milliers d'années ils détournaient encore leur trajectoire pour éviter un danger qui n'existait plus que dans leur mémoire. Une ou deux fois, il marcha bizarrement et Caspar comprit qu'il était en train de monter (ou de descendre) des petites marches imaginaires.

Puis il se tourna. Posant fermement son talon contre un cadran solaire disparu, il mesura au pas trois pavés dont la taille et la forme étaient parfaitement intactes dans sa mémoire.

« C'est ici », dit-il en pointant l'index à environ cinquante centimètres vers la gauche.

Caspar prit le transplantoir.

« Bravo. Tu peux ouvrir les yeux maintenant. »

Sous le regard de William qui luisait dans la pénombre, Caspar entama le gazon. L'odeur de la terre libérée par les premiers coups de transplantoir fit monter en lui un bref élan de sympathie pour cet amour qui faisait tellement souffrir William. C'était bien cela le monde réel, se disait Caspar. William avait raison. Même les étourdissants désinfectants, les produits chimiques et antiseptiques de l'hôpital ne pouvaient rivaliser avec cette odeur froide, humide, élémentaire. C'était la base de toute chose. C'était la source.

« Tu as trouvé quelque chose ?

– Pas encore. »

C'est alors que le transplantoir fit mouche.

« Vas-y doucement ! C'est pas la peine d'enfoncer ce truc jusqu'à la gueule.

– Tu veux le faire ?

– Non, mais fais attention. »

Caspar faisait attention. L'hôpital, sans aucun doute, veillait à ce qu'il fût à jour de toutes ses vaccinations. Mais il ne fallait jamais tenter le diable. Ne pas laisser la porte ouverte au tétanos. Ni à la septicémie. Il se servit du transplantoir pour enlever la terre qui restait sur la boîte et soulever le couvercle complètement rouillé.

Il craqua une allumette.

« Bon Dieu ! Qu'est-ce que c'est que tout ça ? »

William s'approcha en rampant sur le gazon pour pouvoir jeter un coup d'œil à la lueur de la seconde allumette.

« Oh, regarde ! Des pennies ! Et des anciennes pièces de trois pence ! L'os porte-bonheur de Bab. Et le collier de son chien, Fortune. » Il pointa l'index vers une chose desséchée, difforme. « Qu'est-ce que c'est que ça ? Oh, peu importe. En tout cas, les perles sont là.

– C'est ça ? »

Caspar les prit.

« Tu appelles ça des perles ? s'exclama-t-il. Des vieux cailloux de pacotille, c'est tout.

– Mais non ! »

Caspar les fit rouler dans la paume de sa main.

« Ou des vieux bouts de céramique ou quelque chose comme ça.

– Qu'est-ce que ça peut bien faire, si c'est ça qu'elle veut ? »

Caspar n'avait rien à répondre à cela. Mais alors qu'il rebouchait le trou, remettait le transplantoir à sa place et suivait William dans sa traversée de la pelouse et de ce qu'il restait des massifs d'arbustes, il n'avait pu s'empêcher de laisser cette petite pensée rebelle croître et embellir. Bien sûr que ça faisait quelque chose. Venir de Londres au milieu de la nuit pour déterrer une poignée de perles de verre était déjà, si on y réfléchissait bien, insensé. (Mais enfin, c'était fait.) Seulement, s'il avait su qu'il ne s'agissait que de quelques cailloux sans valeur ou de vulgaires gravillons d'un joli bleu, il ne se serait pas donné tant de peine. C'était aussi simple que cela. Il y avait une différence entre des perles de verre anciennes et des débris de céramique tout piquetés. Barbara avait été complètement abusée par sa mémoire. Le trésor qu'elle désirait si ardemment était bon à jeter aux ordures. Et si le même tour de passe-passe s'était produit dans le cerveau de William ? Caspar se retourna pour jeter un dernier regard au jardin éclairé par la lune et le voir tel qu'il était, rasé d'un mur à l'autre, aplani au niveau à bulle, dépourvu d'intérêt, dépouillé de tout ornement. Il fallait oublier les fantasques panégyriques de William sur sa prétendue magnificence passée. Qui pouvait affirmer que ce jardin n'avait pas toujours été parfaitement quelconque ?

Raison de plus pour se débarrasser de ce foutu carré de choux.

4

Cœur de guimauve, cœur de pierre

Après avoir passé toute une journée à se ronger les ongles, William téléphona à Tory.

« Je préférerais vraiment ne pas être mêlée à cela, William », dit-elle de son ton le plus aigre.

William lui raccrocha au nez et aussitôt, avant qu'elle ne lui coupe l'herbe sous le pied en occupant la ligne la première, il composa le numéro de Gillyflower.

« Je ne suis pas sûr qu'elle soit là, avança Angus prudemment.

– Bien sûr qu'elle est là, répondit William d'un ton cassant. Il est dix heures et demie du soir. Je veux lui parler, Angus. »

Il tambourina sur le téléphone jusqu'à ce qu'Angus revienne.

« Elle est dans son bain. Elle te rappellera demain.

– Je veux lui parler maintenant. »

Angus raccrocha.

William appela le service de Barbara et attendit interminablement au bout du fil que quelqu'un qui manifestement ne connaissait pas du tout Barbara se renseigne auprès de quelqu'un d'autre pour lui apprendre finalement qu'elle n'était pas là.

« Pourquoi tu t'embêtes avec tout ça ? » lui demanda Caspar en posant un whisky-soda près du téléphone.

Pour ne pas avoir à dire merci, William fit comme s'il ne remarquait pas le verre.

« Il se passe quelque chose de louche, dit-il pour la énième fois. Ma mère mijote quelque chose. J'en suis sûr. »

Caspar tourna les talons, prétextant avoir besoin de quelque chose dans la cuisine. William avait-il flairé sa complicité ? La culpabilité se lisait-elle sur son visage ?

« Il ne se passe que des choses bizarres, poursuivit William. Elle s'engueule avec Barbara. La pire engueulade qu'elles aient jamais eue. Ça fait des semaines, maintenant. Et pourtant tu as vu le jardin comme moi, hier. Rien n'a changé. Rien n'a bougé.

– Tu as dit toi-même que ça te faisait penser à la steppe. »

William balaya cette remarque d'un geste agacé.

« Rien de nouveau. Rien depuis la dernière fois. Alors qu'elle a eu trois semaines. Trois semaines entières pour ruminer, ronger son frein, ressasser des pensées meurtrières sur sa fille aînée qui va fêter son mariage de l'autre côté du mur, à portée de ses oreilles, bon Dieu, et qui ne l'a pas invitée. À l'heure qu'il est, il doit y avoir des gens qui lui courent après dans la rue : "Alors, il paraît que Barbara va enfin convoler. Quel joie pour vous tous ! C'est tellement émouvant, un mariage !" » Il dodelina de la tête. « Comment ? Pas invitée ? Ma pauvre Lilith ! »

Il interrompit son imitation pour envoyer un grand coup de poing dans la bibliothèque.

« Elle doit écumer de rage. Alors, comment se fait-il qu'elle n'ait rien arraché dans le jardin ? »

La culpabilité fit dire à Caspar une idiotie.

« Peut-être qu'il n'y a plus rien à arracher.

– Ne dis pas n'importe quoi, répondit William avec brusquerie. Il y a toujours quelque chose à arracher. On a appris ça avec les années. » Plissant les yeux, il passa en revue de mémoire le jardin où ils s'étaient promenés la nuit précédente. « Mais là, rien. Pas un truc qui n'ait déjà été supprimé avant. Je n'ai pas vu la moindre souche. Pas un seul trou suspect dans le sol. Pas de pan de mur fraîchement dégagé. Et le plus inquiétant, c'est qu'il n'y avait pas non plus de signe prouvant qu'elle ait essayé. Pas de bidon de désherbant près de la poubelle. Pas de hache oubliée au pied d'un arbre fruitier. Il y avait même très peu de mauvaises herbes sur le tas de compost. »

Il se tourna vers Caspar.

« Qu'est-ce qui peut bien se passer ? Qu'est-ce qu'elle manigance ? »

Manigance. Caspar frissonna. Il n'avait que trois mots à dire : « Permis de construire », trois mots à prononcer tout haut pour être libéré. Pour stopper une bonne fois ces poussées de culpabilité et de remords. Pour faire taire le chant du coq. Incapable de supporter plus longtemps le poids du secret, il prit une grande inspiration, pria pour que son visage résolu ne le trahît pas – pas du tout – et suggéra d'un ton légèrement moqueur :

« Si ta mère ne s'occupe plus du jardin, c'est peut-être parce que... »

Cette hésitation, bien que momentanée, suffit à faire déborder la fureur de William.

« Parce que quoi ? trancha-t-il. Parce qu'elle est trop contrariée pour tenir sa scie ? Trop furieuse pour graisser ses sécateurs ? Trop indignée pour recharger son pulvérisateur de désherbant ? »

Ce ton hargneux rappela à Caspar ce qui dans l'obsession de William l'avait décidé à s'engager sur cette voie. Son cœur de guimauve redevint de pierre.

« Parce qu'elle est trop malade ? » risqua-t-il à la place.

William cracha presque.

« Malade ! »

« C'est possible...

– Autant dire que les pierres pourraient attraper une pneumonie ! Elle n'est jamais malade. »

Mais c'était trop tard. Désormais, Caspar s'en fichait.

« Elle est peut-être partie, dit-il d'un ton indifférent.

– Partie ? »

William répéta cela comme s'il s'agissait d'un mot provenant d'une langue étrangère.

« Ça arrive à tout le monde de partir.

– Pas à ma mère.

– Alors, c'est quelle est morte », lança Caspar exaspéré.

Cette hypothèse, il ne put s'empêcher de le remarquer, fut la première à laquelle William parut ajouter foi.

« Elle pourrait être morte, admit-il. Si ça se trouve, elle gît dans la maison, électrocutée ou je ne sais quoi. Ou assassinée par un voleur qui en voulait à ses bijoux.

– Aucun danger s'ils n'ont pas plus de valeur que ceux de Barbara », dit Caspar en triturant dans sa poche les petits carrés bleus. (Il n'avait pas encore digéré le sacrifice de cette nuit de sommeil et du demi-plein d'essence.) Mais William n'écoutait pas. Secouant la tête, il chassa à regret de son esprit l'idée que sa mère pût être morte.

« Non, dit-il. C'est impossible. Je le saurais. Tory ou Gillyflower m'aurait prévenu. »

Mais tout de même, cette pensée l'avait quelque peu rasséréné. Sans pour autant lui faire oublier ses soupçons. Il attrapa le deuxième verre de whisky que Caspar avait posé à portée de sa main (sans un merci cette fois encore) et repartit de plus belle.

« Non. Il se passe quelque chose de louche. Ma mère mijote quelque chose. Mais quoi, bon Dieu ! Quoi ? »

5

Et avec qui ?

Et avec qui ? Tory était-elle dans le coup ? Et Gillyflower ? Sans scrupule, Caspar troqua deux coups de téléphone anonymes contre un soir de permanence à la consultation pour stérilité. Broadbent était fou de joie.

« J'ai juste à appeler ces deux numéros ?

– Exactement.

– Et à écouter ce qu'on répondra à ces questions ?

– Oui.

– C'est tout ? Et en échange tu me remplaces à la clinique ce soir ? Marché conclu ! »

Ils firent sortir Miss Fairway, l'infirmière, pour utiliser le seul téléphone sur lequel Caspar pouvait confortablement écouter. Broadbent se jeta dans le jeu avec le zèle d'un courtier sachant qu'il est plus que largement récompensé pour sa peine.

« Vous êtes bien Mrs McFarlane ?

– Oui, répondit Gillyflower, tout de suite affolée par cette voix inconnue.

– Ah, très bien, dit Broadbent. C'est au sujet de la demande de permis de construire que j'ai là sur mon bureau...

– Quelle demande de permis de construire ? »

Son étonnement paraissait sincère.

« Me serais-je trompé de numéro ? dit Broadbent. Votre mère n'a-t-elle pas renvoyé ses appels téléphoniques chez vous ?

– Ma mère ? »

Caspar fit un signe de tête à Broadbent qui conclut rapidement.

« Vous êtes bien Mrs *James Allan* McFarlane ? »

L'exclamation de Gillyflower, qui traduisait un soulagement exagéré, remplit la petite pièce fraîchement repeinte. « Ah, voilà d'où vient l'erreur. Le prénom de mon mari est Angus. Nous n'avons rien à voir avec cette demande de permis de construire.

– Navré de vous avoir dérangée, roucoula Broadbent. Une stupide erreur d'écriture. Ne tenez pas compte de mon appel. »

Il raccrocha le téléphone.

« Alors, content ? »

Caspar acquiesça.

« Bon, à l'autre, maintenant. »

Mais avant qu'il eût fini de composer le numéro, Caspar arrêta la main de Broadbent. Si Tory savait, elle l'aurait dit à Gillyflower. Or, Gilly se savait rien. Inutile de risquer qu'elles fassent des rapprochements. « J'ai eu un coup de téléphone bizarre aujourd'hui d'un type de la mairie. » « C'est drôle, moi aussi. » Non. Mieux valait en rester là.

« Tu assureras quand même toutes les consultations de ce soir ? » Broadbent se dépêcha d'enlever sa blouse et d'enfiler sa veste. « Si tu ne perds pas trop de temps à t'apitoyer, tu seras chez toi vers neuf heures. »

6

Il était comme moi. Je suis comme Hector. William est comme elle.

À dix heures moins cinq, l'infirmière posa le dernier des dossiers marron sur le bureau, devant Caspar.

« Miss Barbara Collett.

– Quoi ? »

Barbara, qui entrait au même moment, ne fut pas moins décontenancée.

« Oh, Caspar ! Ça, c'est un peu fort ! J'avais pourtant bien vérifié que ce ne serait pas toi. » Elle plongea la main dans son sac pour y pêcher sa fiche de rendez-vous. « Je devais passer avec un certain Broadhurst.

– Broadbent », corrigea Caspar en essayant de rassembler ses esprits. Il jeta un coup d'œil au dossier qu'il avait sous les yeux. « Je ne comprends pas du tout pourquoi on t'a envoyée ici », ajouta-t-il. Mais juste à ce moment, il vit sur l'étiquette sa propre adresse personnelle, avec le numéro de son appartement, tapé à la machine sous le nom de Barbara.

« Ça alors ! » s'exclama-t-il. Mais l'infirmière était là qui tendait l'oreille. Ce n'était pas le moment d'approfondir l'enquête.

Barbara ôta les gants qu'elle portait depuis quelque temps pour protéger ses ongles.

« Tu m'as toujours dit que c'était le meilleur endroit.

– Tout dépend de ton problème », avança prudemment Caspar. Avec une crainte grandissante, il voyait venir le moment où le désir évident qu'avait Barbara de demander l'avis d'un spécialiste l'emporterait sur son hostilité première à recevoir ce conseil de la bouche de Caspar. Joignant le bout de ses doigts devant lui comme pour dresser entre eux une barrière de plus, il exposa clairement sa position.

« Je sais que tu as fait beaucoup de chemin pour venir ici. Et, quel que soit ton problème, je me ferai un plaisir de te conseiller. Mais, sincèrement, je pense qu'il n'est pas souhaitable que ce soit moi qui t'examine. Tu risquerais de le regretter plus tard. Je préfère te donner tout de suite un autre rendez-vous. »

Barbara était visiblement partagée entre la déception et la raison.

« Mais ça va prendre encore des semaines, non ?

– Pas si j'essaie de t'arranger ça. »

Devinant la réprobation de l'infirmière à côté de lui, il pivota sur son fauteuil. « Je n'examinerai pas Miss Collett, dit-il d'un ton ferme. Alors, si vous voulez bien finir... »

De mauvaise grâce, elle commença à rassembler ses dossiers et ses fiches. Caspar combla le silence en soulevant un pan de sa blouse pour fouiller dans la poche de son pantalon.

« Puisque tu es là, Barbara... »

Il les posa sur son bureau et les fit glisser dans sa direction.

« Mes perles de verre bleues ! » Elle poussa un cri de joie. « Oh, Caspar ! Vous les avez trouvées !

– Ce n'est pas du verre », dit-il avec assez de fermeté pour détourner son attention et l'empêcher de mentionner William avant que l'infirmière n'eût quitté la pièce. « On dirait plutôt des vieux débris de terre cuite. »

Barbara referma la main, comme pour les protéger.

« Détrompe-toi. Elles sont faites d'une espèce de verre très, très ancien. »

L'infirmière avait presque atteint la porte.

« Et si ce sont vraiment des perles, insista Caspar, pourquoi ne sont-elles pas percées ? »

Vaincue, Barbara se tortilla sur son siège.

« Oui, c'est vrai, admit-elle, juste au moment où l'infirmière fermait enfin la porte derrière elle. Toi et William, vous avez raison de vous moquer de moi parce que je les appelle des perles. En fait, ce sont des fragments de mosaïque.

– De mosaïque ?

– D'une mosaïque romaine qui se trouve dans le jardin.

– Il y avait une mosaïque romaine au Domaine ? »

Il tendit une main où Barbara laissa docilement tomber un des petits carrés bleus. Tandis qu'il l'examinait attentivement pour la première fois, elle lui dit du ton de la plaisanterie :

« C'est certainement une des rares choses qui reste là-bas. » Son sourire s'élargit. « À moins que sa fureur de ces dernières semaines n'ait poussé ma mère à exhumer ce truc enterré trois pieds sous terre. Mais ça m'étonnerait. Elle l'a oublié depuis le temps. C'est Tory et moi qui l'avions découvert à l'époque où on a fait les fondations pour le garage. Toutes les deux, on avait décidé de continuer à creuser jusqu'à l'Australie.

– Mais ça a dû causer un tas d'ennuis ? » Caspar fit rouler le petit fragment bleu dans la paume de sa main. Ce qu'il avait pris au clair de lune pour de la terre mal cuite lui apparaissait maintenant patiné par le temps. Ce que, dans son irritation, il avait perçu comme un débris sans valeur lui semblait étrangement beau et éternel. Il leva les yeux. « Vous avez dû avoir des hordes d'archéologues sur le dos pour vous empêcher de continuer à construire le garage, et des types du ministère qui voulaient faire de votre propriété un site classé ?

– Ils n'ont jamais été mis au courant.

– Et pourquoi ça ? »

Barbara rougit.

« Eh bien, rien qu'à voir la petite surface que Tory et moi avions mis au jour, on devinait que c'était indécent...

– Comment ça, indécent ? »

Sa rougeur s'accentua à un point tel que Caspar se demanda quelle couleur elle aurait prise s'il l'avait examinée.

« Tu sais bien, des gens qui font des choses. Ça devait décorer des bains ou quelque chose comme ça, mais quand même... » Sa voix faiblit alors qu'elle revivait son dégoût de petite fille de douze ans. « En tout cas, conclut-elle, dès que maman l'a vue, c'était fini. Elle a demandé à mon père de reboucher le trou immédiatement. Elle disait qu'elle n'avait pas envie de voir des étrangers fouiner dans son jardin, surtout pour une chose pareille. Ils attendraient bien cent ans de plus, jusqu'à ce qu'elle soit morte et enterrée et que quelqu'un d'autre vive là.

– Et Hector n'a rien dit ?

– Il a bien dû protester un peu, mais je n'en suis même pas sûre. Il venait de commencer à construire son garage et il y tenait beaucoup. Et puis il devait savoir quel enfer ce serait pour lui s'il s'opposait à la décision de maman. »

Il était comme moi, se dit Caspar dans un accès de morosité. Je suis comme Hector. Et William est comme elle.

« Alors, elle nous a ordonné de tout remettre en place, jusqu'au dernier morceau, et le trou a été rebouché. » Tout au long de son récit, elle avait gardé bien fermée la main qui contenait les fragments de mosaïque. Elle l'ouvrit comme à regret. « J'ai volé ceux-là. S'ils sont devenus si précieux pour moi, c'est peut-être parce que je devais les garder secrètement. Ce n'était pas facile. On nous avait interdit d'en parler à quiconque.

– Je dois dire que William ne m'en a jamais parlé.

– William ? Je doute que William y ait jamais pensé. Il devait à peine marcher quand ça s'est passé. »

Elle commença à rassembler ses affaires pour partir. Montrant le dossier posé entre eux sur le bureau, elle dit à Caspar :

« Tu me promets que tu ne liras pas ça ?

– C'est promis. Et je te promets aussi que j'essaierai de t'avoir un rendez-vous au plus vite. »

Elle mit les fragments de mosaïque en sûreté dans un de ses gants.

« Et tu ne diras pas à William que je suis venue ?

– Dans ce cas, tu ferais mieux de me rendre tes perles porte-bonheur.

– Ce ne sont pas des porte-bonheur, corrigea-t-elle en les versant dans la main de Caspar. Quoique, maintenant que tu m'y fais penser, j'ai eu un os porte-bonheur autrefois. »

Par crainte de perdre encore une nuit de sommeil et un plein d'essence, Caspar se garda de dire qu'ils l'avaient trouvé.

Il glissa un petit fragment bleu dans un des gants de Barbara – au cas où.

« Je t'enverrai le reste par la poste. À ta véritable adresse... »

Elle eut la bienséance de prendre un air contrit. Et pendant ces quelques secondes, elle fut belle. Il la regardait encore lorsqu'elle atteignit la porte.

« Caspar, dit-elle en faisant face. Je ne te l'ai jamais dit. Je n'ai jamais osé. Mais je suis contente que tu sois avec William. Je pense que c'est très bien pour lui. Je suis sûre que tu sauras toujours exactement ce dont il a besoin. »

Puis, plus gênée que jamais, elle se retourna et se sauva. Il écouta claquer ses nouvelles chaussures à talons hauts dans le couloir et, une fois certain qu'elle était partie, il sortit la petite liasse de papiers de son dossier et s'installa pour les lire. Mais ils ne contenaient rien de particulier. Les examens effectués par le médecin de Barbara ne révélaient aucune anomalie. Ses gros problèmes gynécologiques n'étaient rien de plus que sa conviction d'être stérile parce qu'il n'était né aucun enfant de ses deux liaisons durables. Naturellement, le dossier ne disait pas si le sperme des hommes concernés était de qualité satisfaisante. Ni si l'une et l'autre relation, le temps qu'elles avaient duré, avaient été propices à la procréation. (Bien souvent, Caspar suggérait aux maris de ses patientes de reprogrammer les deux week-ends par mois qu'ils passaient chez eux, et chaque fois il avait obtenu des résultats spectaculaires.) On n'avait aucun renseignement sur ces deux hommes. En fait, Caspar en savait bien plus que ce que révélait le dossier de Barbara. Il avait au moins appris, en laissant traîner une oreille indiscrète, que l'un des deux types travaillait dans un garage et qu'on avait toujours nommé l'autre « cette sombre brute de Bernard ». Pauvre Broadbent ! Il allait avoir bien du mal à prendre cette patiente au sérieux. Il ne comprenait même pas comment Barbara avait réussi à obtenir une lettre de recommandation pour un spécialiste.

C'était sans doute un faux, comme l'adresse qu'elle avait donnée. Quelle famille !

Mais une promesse est une promesse. Poussant un gros soupir, Caspar prit une feuille de papier et une enveloppe dans un tiroir. Après un moment de réflexion, il écrivit sur l'enveloppe : *À l'attention de J. Broadbent* [*Confidentiel*]. Puis, à l'intérieur :

Cher Jim,

Pourrais-tu me rendre encore un petit service... ?

7

« *Tessera, tesserae* »

Il se réveilla au milieu de la nuit, certain qu'il était en train de hurler. Ce satané bulldozer était de retour. Mais cette fois, dans la terre éventrée, on voyait scintiller des tessons bleus couleur d'eau, verts et gris. Le merveilleux pavement de mosaïque se soulevait puis volait en éclats ; des Romains étaient arrachés à leurs compagnes, des bras se démantibulaient, des seins explosaient, des cuisses éclataient, et de tout petits fragments comme ceux de Barbara étaient projetés en l'air.

« *Tessera, tesserae* », se surprit-il à murmurer. Il aurait pourtant juré avoir perdu son latin depuis trente ans.

À côté de lui, sur les oreillers en désordre, un coude replié près d'une chevelure éparse. Un souffle infime émanait d'une forme qui se soulevait à peine.

William, l'habituel gâcheur de ses nuits, dormait comme un bébé.

8

Prête, offerte

Quand elle sortit de sa voiture, embarrassée comme à l'accoutumée, Barbara ne remarqua pas les deux employés de mairie qui tendaient un mètre d'arpenteur de la véranda au mur latéral du Partridge. Elle s'engouffra dans l'entrée de service et grimpa les escaliers sans tapis qui menaient à la minuscule chambre de Miguel-Angel. Comme d'habitude, la porte s'ouvrit avant qu'elle ait le temps de frapper.

Il prit dans ses mains la main qu'elle lui tendait et l'embrassa.

« *Bar-bar-a !* »

Sa façon de le dire faisait sonner le mot comme un juron. (« *Bar-bar-e !* » singeait William qui ne pouvait s'empêcher, chaque fois qu'il entendait Miguel-Angel prononcer le prénom de sa sœur, d'imaginer des hordes de vandales chevauchant dans la steppe.) Barbara, elle, ne pouvait se résoudre à en parler à son bien-aimé. Elle avait trop d'estime pour Miguel-Angel. Tout ce qu'il faisait ou disait était embelli par l'amour et l'attachement qu'elle lui portait.

« J'avais peur d'être en retard. »

Il leva les bras et prit un air faussement épouvanté.

« Il n'y a pas de pendule ici. »

Il prit le manteau de Barbara qu'il suspendit derrière la porte par-dessus sa robe de chambre. Elle s'apprêtait à se laisser tomber sur le dessus-de-lit en chenille de coton, comme d'habitude, lorsque, sans brusquerie mais fermement, il l'invita à prendre place dans l'unique fauteuil de la pièce. Puis il se tourna, montrant le dos en satin de son gilet, pour regarder par la fenêtre tandis qu'elle s'asseyait avec d'infinies précautions.

Il fallut un certain temps pour que l'afflux de couleur sur son visage s'estompât. Elle se demandait ce qui la mettait le plus mal à l'aise : de s'apercevoir qu'il avait deviné pourquoi elle s'asseyait toujours sur le lit – de peur de rester coincée entre les bras du fauteuil – ou de comprendre qu'il pouvait évaluer ses rondeurs avec assez de précision pour deviner qu'elle pouvait désormais essayer le fauteuil.

« Tu as passé une bonne semaine ? lui demanda-t-il en se retournant pour sourire à ce visage où la honte fit place à la fierté et la joie.

– Excellente, dit-elle en s'adossant avec précaution au mince dossier. Nous avons enfin reçu les pièces détachées pour les fauteuils roulants. Ce qui nous simplifie bien les choses. Et l'ex-mari d'Ellie a réparé le harnais de bain. Et Bunster et Dido se sont raccommodés.

– Raccommodés ? »

Il désigna du doigt son visage et leva un sourcil. Se rendait-il compte à quel point il était beau ? Jamais elle n'aurait osé espérer ni même imaginer qu'un homme comme lui puisse entrer dans sa morne petite vie. Elle lui devait tout et elle le désirait si fort qu'elle en éprouvait de la souffrance. Au bout d'un moment, il fut obligé de se répéter pour la tirer de sa rêverie.

« Raccommodés ?

– Ça veut dire qu'ils ne se disputent plus.

– Ah ! La dispute. » Son beau sourire revint. « Votre sport national. »

Elle tendit la main vers lui. Il s'approcha, s'agenouilla devant elle et enfouit sa tête dans son giron tandis qu'elle passait ses doigts dans ses cheveux. Quand il releva la tête pour quémander des baisers, elle était prête, offerte. Mais elle ne pouvait s'empêcher d'essayer de les compter, ces baisers, tellement elle avait peur qu'un jour cet ange tombé du ciel ne se réveille en ayant changé d'avis et ne voulant plus d'elle. Elle le savait assez gentil et courtois pour la laisser tomber en douceur. Pas comme Andrew Taylor qui lui avait lâché le morceau un matin tout en se débattant avec la serrure rouillée d'un capot de voiture. Ou comme l'infâme Bernard. Non. Miguel-Angel opérerait un retrait en douceur. Il prendrait son temps. Et elle ne s'en apercevrait probablement que le jour où, au lieu de lui donner quarante baisers, il ne lui en donnerait que quatre.

« Assez. Assez.

– Oh non, s'il te plaît, encore.

– Barbara... » Il lui prit la main et la fit glisser jusqu'au renflement visible sous la serge rêche de son pantalon.

« Laisse-moi faire.

– Barbara ! » Il l'embrassa avec sévérité sur le bout du nez.

Elle rajusta sa robe en faisant la moue. Mais elle ne se formalisait plus de cette conviction étrange (même pour un catholique) qu'enfreindre la règle qu'il s'était lui-même imposée ne pouvait que lui porter malheur. Elle avait objecté qu'elle n'était pas née d'hier. Elle avait même menti en disant que son médecin pensait comme elle qu'à son âge il n'y avait pas un seul mois à perdre et qu'elle avait intérêt à s'y mettre tout de suite. Miguel-Angel resta intransigeant. Il semblait vraiment croire que, comme le péché ou le crime, les rapports sexuels avant le mariage pouvaient conduire au châtiment. Il avait été horrifié le jour où elle lui avait fait visiter son service. Il l'avait relativement bien dissimulé – mieux que la plupart de ceux qui étaient venus. Mais elle travaillait là depuis assez longtemps pour savoir déceler la répugnance sous n'importe lequel de ses déguisements. Aussi, chaque fois qu'il la repoussait, elle s'écartait également, même si, malgré son embarras et sa nervosité, elle souhaitait de toute son âme qu'il se mît à caresser tout son corps. Après le mariage, il n'y aurait plus de problème. Et il serait convaincu que tous leurs bébés seraient bien faits et beaux comme lui, et non horriblement estropiés comme les loques humaines avec lesquelles elle passait ses journées. « Conduis-toi comme il faut et il ne t'arrivera rien de mal » : elle savait trop bien que cette idée trompeuse s'insinuait aisément dans son esprit. Elle en éprouvait aussitôt de la honte, sachant que la superstition n'était qu'une ignoble et douloureuse absurdité. C'était une femme rationnelle et elle avait vu bien des familles de malades traverser des années de sacrifice et d'héroïsme absolu. Elle était bien placée pour savoir que le mérite n'empêchait jamais la catastrophe. Mais Miguel-Angel était différent. Il était vieux jeu, il avait été élevé par des gens convaincus qu'il y a un dessein à l'univers et qu'il existe une justice. Et donc, par amour pour lui, elle arrivait à se laisser gagner par cette peur singulière, primitive. D'ailleurs, comme l'avait laissé entendre

Mrs Collett à l'annonce de leurs fiançailles, c'était sans doute parce qu'il était étranger qu'il ne l'avait pas trouvée physiquement repoussante. Elle était probablement aussi grosse que sa mère à lui.

Peut-être un peu plus mince maintenant. Sa mère aurait-elle pu s'asseoir dans ce fauteuil ? Barbara aurait bien aimé le savoir. Mais après toutes ces années d'obésité, elle ne pouvait poser des questions sur la taille de quelqu'un qu'en biaisant singulièrement. Elle montra d'un signe de tête l'enveloppe couverte de timbres bariolés posée sur la commode.

« C'est une lettre d'Espagne ?

– Oui, de mon père.

– Il t'envoie des photos ?

– Des photos ? »

Il leva la tête du sac à main de Barbara dans lequel il était en train de fouiller, selon son habitude, comme un enfant. Elle comprenait très bien pourquoi il faisait cela. Il avait si peu de choses à lui que chaque fois qu'elle venait le voir, il ne pouvait résister à l'envie de tripoter les mille petits objets qu'elle trimbalait toujours avec elle. Et ce qu'elle aimait justement, c'était que Miguel-Angel, d'ordinaire si courtois, s'adonnait à ce passe-temps sans jamais lui demander la permission. Elle avait été surprise la première fois qu'il avait renversé le contenu de son sac sur le lit – tubes de rouge à lèvres, boîte de sucre édulcoré, clés, pince à épiler, fards à paupières et tout l'attirail indispensable à une femme, infirmière de surcroît. Ensuite il s'était mis à farfouiller dans ce déballage avec une parfaite assurance, comme s'il ne lui était jamais venu à l'idée que, quelque part dans ce petit trésor sans valeur, il pourrait tomber sur une bague inconnue ou sur la photo d'un autre homme ou encore sur ce que Barbara avait vu s'échapper un jour du portefeuille de Bernard : le dernier préservatif d'une boîte de trois jamais vue auparavant. Miguel-Angel ouvrit l'étui de tampons périodiques, puis étala sur le dos de sa main un peu de fond de teint avant de vérifier qu'il était bien de la même couleur que celui qu'elle portait. Si n'importe qui d'autre avait pris cette liberté, elle aurait vu rouge. Mais chez lui, c'était simplement une autre façon de dire : « Je veux tout savoir de toi et je te fais entièrement confiance. »

Il venait de sortir quelque chose.

« Qu'est-ce que c'est que ça ? »

Il montra le petit fragment de mosaïque bleu qu'il tenait entre deux doigts.

« Quelque chose de bleu, répondit-elle. C'est pour le mariage. C'est la tradition. Il faut porter “*quelque chose de neuf, quelque chose de vieux, quelque chose d'emprunté, quelque chose de bleu.*” » Elle ajouta d'un air piteux : « Franchement, vu tout ce que j'ai dépensé en vêtements, je serai sûrement la seule chose vieille. »

Il sourit. « Et moi je suis la chose nouvelle. Et le mariage, on l'a emprunté à Caspar. »

Il se tut et elle vit qu'il avait dit cela très sérieusement. Puis il prit la lettre sur la commode. « Pas de photos, dit-il. Mais mieux que ça. Mon père m'envoie une bonne nouvelle. Ma mère et lui vont venir au mariage. »

Il se pencha et posa un doigt sur les lèvres de Barbara avant qu'elle n'ouvre la bouche.

« Donc il faut que nous invitions aussi ta mère. »

Il ôta son doigt.

« Non, dit Barbara.

– Si, insista Miguel-Angel.

– Non, répéta Barbara.

– C'est important, expliqua Miguel-Angel. Important pour ma mère. C'est la première question qu'elle va poser : "Où est l'autre mère ?" » Il lança le petit bout de mosaïque en l'air et fit un grand sourire à Barbara. « C'est comme "quelque chose de bleu", c'est la tradition.

– Je ne peux pas, dit Barbara. J'ai juré de ne pas le faire. »

Il leva un sourcil mais ne lui posa pas de question. Et elle n'essaya même pas de s'expliquer – pourtant qui mieux que cet homme, qui croyait assurer la santé de sa descendance en sacrifiant son désir sexuel, était à même de comprendre qu'elle avait fait cette promesse en échange de leur bonheur futur ?

« Je ne peux pas, répéta-t-elle.

– Très bien, répliqua-t-il sans se laisser démonter. Quelqu'un d'autre, alors. Caspar.

– On ne peut pas demander à Caspar. Il en fait déjà assez comme ça !

– Qui d'autre, alors ? »

Qui d'autre, en effet ? Elle ne pouvait se résoudre à demander à Tory. Et Gillyflower était capable de tout saboter. Pas question de demander à William, évidemment. Il ne ferait qu'embrouiller les choses.

Oui, il faudrait donc que ce soit Caspar.

Sa reddition déclencha naturellement une salve de baisers. Trente-cinq, quarante, cinquante. Barbara n'arrivait plus à compter. Et lorsque le réveil qu'il avait caché dans la poche de sa robe de chambre sonna pour signaler le début de son service, la bouche de Barbara était si brûlante et son visage tellement empourpré qu'elle dégringola l'escalier de service et sortit du Partridge sans même remarquer la copie plastifiée de la demande officielle de permis de construire, apposée conformément à la législation sur le site concerné.

9

« Moi ? »

Caspar était abasourdi. « Moi ?

– Oui, toi.

– Pourquoi moi ? Vous plaisantez ! »

Mais il voyait bien qu'ils étaient sérieux. Et s'ils avaient fait tout le chemin en train, jusqu'à Londres, ce n'était pas pour essuyer un refus.

« Vous ne pouvez pas demander à quelqu'un d'autre ?

– À qui ? »

Caspar comprenait le point de vue de Miguel-Angel. Il n'aurait pas souhaité à son pire ennemi d'avoir à demander ce service à Tory. Gillyflower n'était bonne à rien. Tout ce qu'elle arriverait à faire serait de rapporter avec inexactitude des propos déplaisants ou blessants de sa mère. Quant à William...

Oh, quelle poisse !

« Bon, d'accord, dit-il. J'irai la voir. »

Barbara lui sauta au cou.

« Oh, Caspar, tu es vraiment un ange. »

Il rajusta son nœud de cravate.

« Seulement, je vous préviens, ne vous attendez pas à des miracles », ajouta-t-il. On lisait pourtant sur leur visage qu'ils en attendaient. Pour Miguel-Angel, on pouvait attribuer cela au fait qu'il était étranger, pour Barbara, aux effets pervers de l'instruction religieuse.

10

« Lilith ! Laissez-moi vous aider ! »

Sur l'autoroute, ce samedi-là, il répéta tout le long du chemin son entrée en matière. « Mrs Collett ! » commencerait-il. Non, il fallait une touche plus personnelle : « Lilith ! Vous devez trouver étrange que ce soit moi qui vienne vous parler aujourd'hui. Mais, à mon sens, c'est assez logique : j'ai toujours pensé que nous avions quelque chose en commun. »

Il voulait parler de William, bien sûr. Elle l'avait supporté pendant les vingt-quatre premières années. Caspar pendant les cinq dernières. Et supporter William n'était pas une sinécure. Caspar était persuadé qu'il n'avait guère changé au cours des dernières années. Autrement dit, elle avait sans doute enduré, elle aussi, le cortège de lubies et de marottes, les plongeons à corps perdu dans un autre travail puis un autre, chaque fois *le* travail de sa vie. Caspar se rappelait avec un frisson les mois que William avait passés à « trouver sa voie dans l'art ». Les amis épouvantables qu'il s'était faits. Les endroits indicibles où il avait traîné Caspar pour admirer de la « sculpture urbaine *in situ* ». Les horreurs qu'il lui avait demandé d'exposer sans broncher dans son appartement.

Caspar avait presque été soulagé lorsque, du jour au lendemain, William avait délaissé tout cela pour embrasser la carrière de compositeur qu'il avait toujours estimé être sa vraie vocation. Caspar lui avait payé les leçons de musique. (La pratique d'un instrument au moins était *de rigueur* *.) William progressait très vite : il travaillait quatre heures par jour. Mais ses efforts pour réussir l'examen décisif d'entrée en faculté furent récompensés, deux fois de suite, non par la note dont il avait besoin mais par le simple accessit qu'il méritait, et du coup, son désir de composer s'avéra soudain aussi éphémère que les propositions des différentes écoles de musique. Il décida alors de se lancer dans la gastronomie en vue de monter une chaîne de petits restaurants « intimes ».

À ce moment-là, Caspar jeta l'éponge. Il était certes à l'abri du besoin. Mais riche, non. Et il n'avait jamais investi son argent dans des entreprises à risques. Ce n'était pas son genre. Aussi William resta à la maison et bouda. Caspar tint bon, et peu à peu ils comprirent l'un comme l'autre que finalement William n'était pas tellement un jeune homme qui cherchait à faire son trou mais quelqu'un qui disposait déjà d'une niche assez confortable. Bien sûr, il continua à nourrir des passions. (Un homme plus désobligeant que Caspar les eût appelées des toquades.) Il apprit à jongler et il apprit le mime. Il réussit à tenir quelques mois comme clown en animant des fêtes chez des particuliers, jusqu'au jour où il rentra à la maison d'une humeur tellement massacrante que son leitmotiv « plus jamais ! » fut dès lors sa seule réponse aux flatteries de l'agence (laquelle s'avéra très désagréable par la suite à cause de l'état dans lequel il avait rendu ses

* En français dans le texte.

costumes). Les portemanteaux en métal style « trophée de chasse » qu'il fabriqua ensuite se vendirent assez bien (aux amis). Quant à son incursion dans l'importation de cravates en bois fabriquées au Népal, elle leur valut une magnifique croisière pour la Saint-Sylvestre. Mais dans l'ensemble, William allait bien mieux quand il ne travaillait pas. Le niveau de soupirs et de jérémiades diminuait sensiblement. Ce qu'il faisait de ses journées, Caspar n'en avait pas la moindre idée. Parfois, en rentrant du travail, il constatait avec surprise que rien n'avait bougé. La capacité de William à ne rien faire était tellement prodigieuse que, chez n'importe qui d'autre, Caspar eût été tenté de diagnostiquer un état dépressif. Mais ce n'était pas le cas de William. Ses humeurs étaient tout ce qu'il y avait de plus sain. Seulement, elles fluctuaient. Elles virevoltaient. Un jour, il jouait les martyrs incompris. Le lendemain, il se montrait tendre et dévoué. Le jour suivant, tout l'ennuyait. Son horloge émotionnelle était manifestement déréglée. C'était Caspar (pensait Caspar) qui parfois traînait sa carcasse des jours durant, s'interrogeant sur le sens de la vie et envisageant sa fin presque comme une délivrance.

Mrs Collett avait-elle trouvé son fils épuisant ? Ou bien William avait-il simplement calqué ses comportements sur ceux de sa mère, de sorte que, n'étant plus désormais à la deuxième place mais en tête d'affiche, il trouvait légitime que ses besoins et ses sentiments eussent priorité sur ceux des autres ? Peut-être étaient-ce de mauvaises habitudes reçues en héritage que sa façon de communiquer ses états d'âme à Caspar, de vouloir toujours être le centre d'attraction, et de mesurer la profondeur des sentiments de Caspar à la rapidité et à l'intensité de ses réactions. Si une de ses patientes était morte, Caspar pouvait être sûr que

William se plaindrait d'avoir eu ce jour-là une journée très éprouvante. La semaine où le courrier auquel Caspar devait répondre commençait à déborder du carton qu'il avait flanqué, pour ne pas le voir, sous son bureau, William passait plusieurs soirées à bouder, à gémir sur la dégradation de leur relation, à déplorer qu'ils n'aient pas pris de vacances depuis des lustres et à énumérer avec une extraordinaire profusion de détails tout ce à quoi il avait renoncé – sans recevoir un seul remerciement – pour passer ces années ingrates en compagnie de Caspar. Tout se passait comme si, puisqu'on lui avait fait de l'ombre pendant toute son enfance, il avait décidé que cela n'arriverait plus jamais.

Et c'était Caspar qui en faisait les frais. William avait peu d'amis. Comme pour tous ses autres engouements, ils apparaissaient par vagues et, tant qu'ils acceptaient de se consacrer à William et à ses états d'âme, ils étaient accueillis à bras ouverts et traités avec générosité. Dès qu'ils transgressaient la règle, dès qu'ils se désintéressaient, même pour peu de temps, de ses besoins et de ses désirs, ils étaient sommairement congédiés, après quoi William empêchait Caspar de dormir pendant des heures, dissertant à l'infini sur leurs faiblesses et prêtant aux plus charmants d'entre eux les plus sombres motifs pour avoir cherché à se lier d'amitié avec lui. (Les rares fois où Caspar se risquait à glisser, dans une de ces conversations, qu'à certains égards tel aspect du comportement de William le dérangeait lui aussi, ces séances se terminaient par une bouderie ou une scène de ménage.)

Fallait-il mettre cela sur le compte des mauvaises manières ou était-ce un symptôme pathologique ? Y avait-il en William un enfant négligé et traumatisé à jamais qui avait réellement peur de ne pas exister quand personne ne faisait attention à lui ? Ou bien avait-il simplement baigné dans un esprit d'égocentrisme et d'apitoiement sur soi si prégnant que le jour où il avait eu sa maison et la chance de sa vie, il s'était enfermé à son tour dans un égoïsme absolu ? Et qu'est-ce que Caspar était censé faire ? Avoir pitié de lui ? Ou ruer dans les brancards ? De plus en plus souvent depuis quelque temps, se disait Caspar en sentant la tension monter en lui au lieu de se relâcher tandis qu'il quittait l'autoroute pour s'engager sur la petite route de Fellaham, c'était un sacré pile ou face.

En arrivant au panneau qui indiquait Little Furley, il reprit sa répétition avec de grands gestes :

« Lilith ! Je sais combien cela vous a tous bouleversés... »

Non. Il n'arriverait pas à le dire. Les mots lui resteraient dans la gorge. Au fond, rien de ce qui concernait Barbara n'avait la moindre importance pour Mrs Collett. Elle ne se souciait ni de son avenir ni de son bonheur. Caspar en avait suffisamment entendu au fil des années pour savoir que l'égoïsme de cette femme était inexpugnable. À en croire ses théories, qu'elle énonçait avec des sourires pincés, de grands airs incrédules, et des regards méprisants qui semblaient dire « je sais de quoi je parle », Gilly avait épousé Angus non par amour mais juste pour contrarier sa mère en lui imposant un gendre incapable et pas sortable. Tory et George avaient quitté Londres et étaient revenus habiter à Fellaham uniquement pour pouvoir abuser de sa gentillesse en lui faisant garder les jumeaux – ce qui leur épargnait, par-dessus le marché, la dépense d'une nourrice. Et si William s'était mis en ménage avec Caspar, c'était uniquement pour que son pauvre père se retournât dans sa tombe. Du point de vue de Caspar, on pouvait pardonner à Mrs Collett sa mesquinerie à cause de la vie qu'elle avait eue, mais on pouvait difficilement ne pas lui reprocher de l'avoir donnée en partage. Et ce n'était pas une consolation de se dire qu'elle s'empoisonnait la vie autant qu'elle empoisonnait celle des autres. Cette inaptitude morbide à ne pouvoir considérer les choses d'un autre point de vue que le sien (dont William avait hélas hérité) l'empêchait non seulement d'éprouver quelques-unes des sensations les plus agréables telles que l'admiration ou la gratitude, mais l'entraînait en outre dans d'exaspérantes crises d'amnésie chaque fois que cela l'arrangeait. Barbara faisait preuve d'une admirable maîtrise d'elle-même lorsque les rares et brèves visites de Mrs Collett au chevet d'Hector qui s'acheminait péniblement vers la mort permutaient comme par enchantement, dans ses récits, avec les gardes que Barbara avait assurées jour et nuit. William avait beaucoup plus de mal à tenir sa langue lorsqu'elle osait dire, à propos du chat qu'il adorait et qu'elle avait si cavalièrement emmené chez le vétérinaire pour le faire piquer parce qu'il avait endommagé son tapis préféré, « ce pauvre petit Bede, qui est mort maintenant ». Caspar lui trouvait un don prodigieux pour manipuler et réinventer l'histoire. La phrase : « Mais non, mon chéri, ça ne s'est pas du tout passé comme ça », était presque devenue sa devise. Et sa fureur quand on mettait ses propos en doute était tellement démesurée que jamais aucun de ses enfants ne lui tenait tête. Caspar comprenait pourquoi. Il avait remarqué que la plus timide tentative pour la reprendre sur un sujet, même anodin, même très éloigné de ses préoccupations, suscitait chez elle une réaction épidermique. On avait l'impression qu'elle subissait une sorte de choc allergique. Et au bout de quelque temps, il s'était rangé à l'avis général : cela ne valait pas la peine de s'empoigner avec Mrs Collett si c'était pour avoir autant d'histoires (les « histoires » étant, si Caspar avait bien compris, les répercussions de son sentiment d'être tant soit peu contredite, voire contrariée). Les raisons pour lesquelles il jugeait inutile d'en tenir compte n'étaient guère différentes de celles des enfants de Mrs Collett. Leurs cuisantes expériences leur permettaient d'estimer que peu de sujets valaient les efforts qui s'ensuivraient pour se réconcilier avec leur mère, sans compter l'humiliation que cela supposait. Et Caspar, lui aussi, se demandait : à quoi bon ? La réponse ne se faisait pas attendre : à peu de chose, puisque Mrs Collett alliait une force qui obligeait les autres à lui donner raison pour avoir la paix, à une incapacité totale à admettre qu'elle pouvait quelquefois avoir tort.

Ainsi, année après année, il les avait tous vus simuler l'indifférence et faire la sourde oreille chaque fois qu'elle réécrivait l'histoire à son avantage. Et peut-être avaient-ils raison. Peut-être la vérité ne méritait-elle pas les emportements passionnels qu'elle déclenchait toujours autour d'elle dans le seul but d'assurer son autodéfense. On imaginait mal Gillyflower afficher comme Luther ses quatre-vingt-quinze thèses sur la porte de l'église de Wittenberg ou proclamer : « C'est mon opinion, un point c'est tout. » Mais Tory ? Elle qui était capable de se mettre en rogne à tout propos, du sulfatage des pommes aux animaux détenus en cage en passant par la réduction du budget des transports publics. Comment se faisait-il que tout à coup elle approchât sa mère sur la pointe des pieds, telle la servante dans une comédie de boulevard obligée de supporter une vieille carne qui ne s'abaisserait jamais à dire « s'il vous plaît » ou « merci » et encore moins des paroles qui mettent du baume au cœur comme « excuse-moi », « tu as raison », « c'est moi qui ai tort ».

Parce qu'elle avait conscience que sa mère était à moitié folle. Parce que, comme tous les autres, elle savait intuitivement que les échafaudages infiniment complexes qu'érigeait Mrs Collett pour se persuader qu'elle avait toujours raison s'écrouleraient comme des châteaux de cartes si le redoutable vent d'une réfutation formelle venait à les frôler. Si cette femme relevait la plus banale des objections, la plus bénigne des contradictions avec cet acharnement hystérique, c'était que quelque part au fond d'elle-même elle tremblait à l'idée que si jamais elle avait tort, le ciel lui tomberait sur la tête.

« Lilith ! À propos de ce mariage... »

C'était désespérant ! Il était malade de peur. Son estomac se noua lorsqu'il vit l'énorme portail se dresser devant lui : les Portes de l'Enfer. Après avoir remonté le petit chemin en marche arrière à toute allure (à force de pratique, il y arrivait de mieux en mieux), Caspar gara sa voiture et s'attarda devant l'entrée du Partridge pour tirer quelques bouffées sur une cigarette. Il lui fallait bien cela avant de pouvoir retourner vers le portail et jeter un coup d'œil au travers. Y avait-il quelqu'un ? Pas de silhouette s'acharnant furieusement sur quelque malheureuse plante grimpante ? Il soupira et promena son regard sur le jardin. Sans William à ses côtés pour lui casser les pieds avec le puits sans fond de ses souvenirs et de sa nostalgie, Caspar trouvait l'endroit très agréable à regarder. Personnellement, il avait toujours aimé les jardins bien ordonnés. Peut-être parce qu'il avait grandi face à un mur de briques, il trouvait intéressante cette vue dégagée de la pelouse jusqu'à la serre, et de la remise au mur latéral entièrement dénudé.

Il admettait que certains arbustes à fleurs avaient une coupe un peu bizarre qui les faisait ressembler à des choux montés en graines. Dommage aussi que le *weigela* eût été taillé jusqu'au tronc. Mais après tout, quelle importance ? Au moins, on pouvait passer la tondeuse en un rien de temps. On ne s'esquintait pas les nerfs à contourner des troncs croulants sous les fleurs ni le dos à porter d'énormes pulvérisateurs pour détruire les mauvaises herbes qui se trouvaient dessous. Tranquillement, Caspar s'adossa au pilier du portail et compara le terrain dépouillé qu'il avait sous les yeux aux photos que William sortait parfois de sa boîte à trésors, histoire de pleurnicher une ou deux heures. D'accord, avant, les lauriers s'élevaient comme des tours, les lilas retombaient en cascades et les parterres débordaient. Et alors ? Qu'est-ce que ça pouvait bien foutre ? Ces monceaux d'herbes et de feuillages qui agrémentaient le vert paradis des petits Collett n'avaient fait qu'une chose : les rendre à jamais esclaves de leur mère. Tant qu'elle avait été capable de brandir sa serpette, menaçant encore un petit coin du jardin qu'ils adoraient, elle avait pu attirer leur attention et exiger leur obéissance. Tant qu'elle apparaissait comme le Grand Bourreau de la Couronne levant son épée sur leur Bien-Aimé, elle les tenait à sa merci.

Alors pourquoi renonçait-elle brusquement à ce pouvoir en le cédant à ses voisins pour trente pièces d'argent ? Ne comprenait-elle pas ce que cela voulait dire ? Peut-être que si. Peut-être était-elle fatiguée de faire la loi chez elle et avait-elle décidé, aussi froidement et délibérément que Caspar avait résolu d'en faire son alliée, qu'il était temps d'en finir.

Eh bien, il lui en était reconnaissant. Il serait bien le dernier à lui mettre des bâtons dans les roues. Il n'appellerait pas le service de l'Urbanisme, n'alerterait pas le Comité de défense du Patrimoine pour leur demander d'intervenir d'urgence, ne solliciterait aucun rendez-vous auprès de l'antenne locale des Monuments historiques. Si le prix à payer pour l'amour était un tas de ruines romaines, soit. Qu'elles s'en aillent avec les pauvres vestiges de ce qui était autrefois le plus beau des jardins. Dès que tout cela serait rasé, finis les cauchemars, pour Caspar et pour William. Il y aurait peut-être quelques semaines de pleurs – une période de deuil salutaire – et puis, enfin, William grandirait. Il comprendrait qu'il n'y avait plus de chez lui où retourner, ni en rêve ni en réalité. Plus de Domaine, plus de vieux domaine. Il serait enfin à Caspar, corps et âme.

Juste à ce moment, il l'aperçut. Elle était cachée dans une des parties du jardin qui n'offrait pas encore une vue complètement dégagée. Son corps était tendu à l'extrême, rassemblant toute sa force pour secouer violemment le tronc du dernier *prunus* survivant. Elle semblait déterminée à faire tomber les quelques fleurs rebelles qui s'obstinaient à lui résister.

En un clin d'œil, Caspar avait écrasé sa cigarette et bondi. Cette fois, il ne se demanda même pas ce qu'il allait dire. Son cri traversa le jardin, jaillissant avec l'aisance de la candeur parfaite.

« Lilith ! Vous ne devez pas faire ça toute seule ! Laissez-moi vous aider ! »

11

« Invités indésirables »

« ... trouvé cela extrêmement blessant, naturellement.

– Naturellement, dit Caspar d'un ton lénifiant en se servant dans la coupe en porcelaine à fleurs qu'elle lui tendait, bien qu'il eût cessé depuis des années de sucrer son café.

– Vous savez, dit Mrs Collett, je ne pensais qu'à Barbara. Rien ne pourrait me faire plus plaisir que de la voir mariée pour de bon... »

Elle marqua une pause et son silence, appuyé par son regard absent, fut assez long pour faire comprendre à Caspar qu'il devait compléter la phrase.

« Et vous, enfin débarrassée.

– J'avoue que ce n'était pas une enfant facile.

– Je m'en doute, répondit Caspar qui commençait à s'enhardir. Je me souviens que William m'a parlé d'une période très difficile... un type qui travaillait dans un garage du coin. »

Mrs Collett le gratifia de son haussement d'épaule le plus théâtral.

« Sans parler de l'histoire avec ce Bernard ! »

Caspar manifesta sa commisération par un hochement de tête, tandis qu'elle poursuivait ses explications.

« Naturellement, j'étais inquiète. Qui aimerait voir sa fille chérie plaquée publiquement pour la troisième fois ? » Elle lança à Caspar un regard de biche aux abois. « Tout de même, lorsqu'elle nous a appris la nouvelle, aucun de nous ne le connaissait.

– C'est vrai.

– Ç'aurait pu être n'importe qui. »

S'inclinant avec un air de conspiratrice, elle lui tapota le genou, et il mesura soudain l'impact de l'absence de William qui avait pour effet de ne pas rappeler à Mrs Collett ses préférences sexuelles. Caspar et elle s'entendaient à merveille, presque copains comme cochons. C'était tout juste si elle ne flirtait pas avec lui, maintenant.

« Une femme devrait toujours se méfier. N'importe quelle femme. Vous n'allez peut-être pas me croire, Caspar » – là, elle s'arrêta pour émettre, comme il se devait, un petit rire d'autodépréciation –, « mais j'ai des admirateurs, moi aussi ! Le problème avec Barbara, c'est que pour ces choses-là c'est encore une enfant. Elle juge n'importe qui sur sa bonne mine.

– Même un étranger. »

Ces mots étaient sortis tout seuls. Il n'avait pas pu les retenir. N'était-il pas allé trop loin ?

Non. À nouveau elle lui tapota le genou.

« Exactement. Même un étranger. »

Continue, se dit Caspar. Vas-y, fonce, sinon c'est cuit.

« Lilith, dit-il, en posant une main sur la sienne. J'ai vu ce Miguel-Angel plusieurs fois. Et vraiment, je crois que vous le trouveriez bien. Il a fière allure, il a de bonnes manières. Un peu vieux jeu, même. Et il est adorable avec Barbara. Vous ne la reconnaîtriez pas ! »

Et c'était vrai. S'il ne faisait pas attention, il pouvait très bien la croiser dans la rue sans la voir. Elle ne rappelait en rien la Barbara d'autrefois. Elle n'avait plus la même forme, sa démarche dandinante avait disparu, sa garde-robe avait radicalement changé, et son visage souriant...

« Elle est rayonnante. »

Cette fois, il était certainement allé trop loin. Mrs Collett entrouvrit les lèvres juste assez pour dire, d'un ton forcé : « Vous m'en voyez ravie.

– Ce qu'il y a, dit Caspar qui se hâtait d'avancer ses pions, c'est que ce mariage ne peut pas avoir lieu sans vous. Nous sommes tous d'accord là-dessus.

– Tiens donc ! »

Étonnant, la dose de mépris que pouvait receler ces deux petits mots. Caspar se tut un instant, perdu dans une sorte d'admiration perverse et, pensant qu'elle l'avait mis en difficulté, Mrs Collett en profita pour enfoncer le clou.

« Je suis navrée, mais Victoria et Gillian sont d'accord avec moi pour dire que, vu les circonstances, il n'est pas question que j'assiste à un mariage auquel je suis indésirable ainsi qu'on me l'a clairement signifié.

– Barbara a dit cela sous le coup de la colère, avança Caspar. Elle ne le pensait pas et je suis sûr qu'elle ne le pense pas davantage maintenant.

– Je serais étonnée que mes deux autres filles en croient un mot. »

Caspar se pencha vers elle.

« Êtes-vous en train de me dire qu'elles ne viennent pas non plus ? »

Il vit bien au sourire de Mrs Collett qu'elle n'avait pas douté un instant de l'authenticité de son étonnement.

« Eh bien, elles ont leur fierté, figurez-vous... »

Il adopta un ton inquiet en espérant qu'il ne paraîtrait pas trop artificiel.

« Barbara pensait qu'elle n'avait pas de nouvelles de Tory parce qu'elle ne savait pas encore si elle allait prendre une baby-sitter pour les jumeaux. Et que Gilly ne connaissait toujours pas l'emploi du temps d'Angus. »

La vieille teigne ! Pour un peu, on l'aurait entendue glousser de plaisir.

« Oh non, Caspar. Vous comprendrez, je pense, qu'il y a un peu plus que cela dans leur réticence à répondre.

– Mon Dieu, s'exclama Caspar. Quel dommage ! Nous avions tous espéré que les choses n'iraient pas jusque-là. »

Mrs Collett ôta un petit fil sur la manche de son élégante veste de laine.

« Je suis certaine qu'il n'y aura aucun problème, Caspar. Vous allez tous vous amuser au mariage de Barbara. Ce n'est pas la peine de gâcher cette journée pour deux ou trois invités indésirables.

– Vous n'êtes pas indésirables, rectifia Caspar. Tory et Gillyflower ont déjà reçu leur invitation et j'ai été chargé de venir vous voir aujourd'hui pour vous inviter. »

Le silence qui accueillit la nouvelle signifiait que cette initiative n'était pas suffisante.

Avec l'insistance scrupuleuse de celui qui sait détenir l'argument, Caspar lui donna une dernière chance de se rendre dignement.

« Je vous en prie, Lilith. Venez au mariage.

– Je ne peux pas, Caspar. Pas dans ces conditions. »

Caspar sortit de sa poche le petit fragment de mosaïque qu'il avait omis de rendre à Barbara et le fit négligemment sauter dans sa main.

« C'est vraiment fâcheux, répéta-t-il. Parce que nous sommes tous d'avis que sans vous trois nous ne pouvons pas aller plus loin. Pas à ce prix-là. »

Il lança plus haut la petite pierre bleue.

« À ce prix-là ? » répéta-t-elle sans quitter la pierre des yeux.

« Voyons, soyez raisonnable, dit Caspar. Il faudrait avoir un cœur de pierre... »

Il la fit sauter dans la paume de sa main. Mrs Collett ne la perdait pas du regard.

« ...pour ne pas faire passer le bonheur de Barbara avant une chose aussi abstraite qu'un devoir civique ou ses obligations de citoyen envers la recherche archéologique. »

Leurs regards se croisèrent.

« Mais si vous pensez que cette journée sera de toute façon un fiasco... »

Il soupira, remit la petite pierre bleue dans une de ses poches et sortit de l'autre la demande de permis de construire plastifiée qu'il avait pris soin d'arracher du portail du Partridge.

Elle regarda fixement les lambeaux de ruban adhésif administratif qu'il avait laborieusement découpé avec ses ciseaux à ongles.

« Je crois qu'on ne s'est pas adressé aux services compétents, lui dit Caspar d'un air songeur tout en défroissant le papier sur son genou. Une chose aussi importante relève plutôt du Service du patrimoine ou quelque chose comme ça. »

Il le replia soigneusement.

« Enfin, qu'importe. Ces gens-là sauront me renseigner. »

Ils se regardèrent si longuement et si intensément qu'un observateur non averti les eût pris pour des amants. Puis Mrs Collett murmura :

« Réflexion faite, peut-être... »

Caspar tendit la main et la posa sur la sienne avec beaucoup de chaleur.

« Je suis enchanté. Et Barbara va sauter de joie. » Il prit sa veste. « Je vais vous laisser. Il faut que j'appelle Tory et Gillyflower pour savoir comment ça s'arrange avec la baby-sitter, les équipes d'Angus et tout le reste. N'est-ce pas ? »

Hochant la tête d'un air bêtement obéissant, elle commença à rassembler avec soin les tasses à café sur le plateau.

« Je suis enchanté », répéta Caspar. D'une main, il chiffonna la demande de permis de construire. « Je vous débarrasse de cela, dit-il. Vous n'avez sûrement pas envie que ce papier tombe de votre poubelle. Les gens penseraient que c'est vous qui l'avez arraché. »

Victorieux mais magnanime.

« De toute façon, personne ne s'apercevra qu'il a disparu, dit-il. Barbara ne l'a même pas remarqué quand elle est passée devant. »

Elle leva les yeux de ses tasses qui cliquetaient sur le plateau.

« Vraiment ! », ajouta-t-il pour la tranquilliser.

Leurs regards se croisèrent une dernière fois. Après quoi Caspar partit précipitamment, prétextant les embouteillages et les consultations supplémentaires qu'on lui avait collées ce samedi-là à l'hôpital. Encombrée par le plateau assez lourd qu'il ne lui avait pas proposé de porter, elle le laissa partir, faisant juste une pause au milieu du couloir pour le regarder par la fenêtre avancer à grands pas vers le centre de la pelouse ensoleillée et, avec une étonnante souplesse pour un homme de son âge, faire une roue parfaite, en signe d'adieu et de victoire.

12

Roues. Pâquerettes.

Lorsque Lilith Collett posa la main à l'endroit précis où Caspar avait pris son appel du pied pour se lancer et tourner, l'amant de son fils lui était complètement sorti de la tête. Elle pensait à la figure de gymnastique proprement dite, la roue, que sa mémoire associait toujours aux pâquerettes. C'était là le jardin idéal pour faire la roue. Et il en avait vu pendant toutes ces années ! Elle pouvait retracer la vie de chacun à travers les roues. Cela faisait bien quarante ans que, après moult hésitations, elle avait osé en faire une pour la dernière fois. Quant à Hector, étant donné l'état de son dos, elle n'avait pas pu le pousser très longtemps à en faire. Ensuite, les enfants étaient passés chacun à leur tour par le cycle qui menait des culbutes maladroites au contrôle parfait du mouvement, puis, progressivement, à sa dégradation. Elle doutait fort qu'un seul d'entre eux fût capable aujourd'hui de faire une roue, et encore moins les enchaînements étourdissants qu'ils l'avaient forcée à regarder. « Attends, maman, ne t'en vas pas tout de suite. Regarde-moi ! Regarde-moi ! »

C'est étrange comme le plaisir d'un individu est inextricablement lié à la tyrannie qu'il exerce sur les autres. Elle n'aurait pas pu revivre le dixième de cela. Il était temps qu'elle s'en aille. Il y aurait des gens pour la traiter d'égoïste, évidemment. « Oh, quel dommage de vous débarrasser de ce beau jardin, juste au moment où vos petits-enfants vont être en âge d'en profiter ! »

Eh bien, qu'ils aillent se faire voir ! Hector n'aurait pas aimé l'entendre parler ainsi. Il avait particulièrement en horreur ce genre de langage dans la bouche d'une femme. Mais elle ne voyait pas d'autre façon de le dire qui fût assez forte. Au cours des dernières années, le jardin avait changé : autrefois havre d'évasion, refuge où elle venait prendre une bouffée d'air frais et profiter d'un peu de solitude (au moins quelques instants avant qu'on ne la retrouve), il était devenu une source de déplaisir et de conflits, et l'occasion, pour chacun de ses enfants qui la harcelaient sans cesse, d'essayer de la réduire en esclavage. On ne pouvait pas soulever un arrosoir sans que Tory ne mît en route ses mécanismes d'écolo moralisatrice. « C'est de l'Herbostop que tu utilises ? Tu n'as pas lu l'article que je t'ai envoyé où on explique que ce produit contient des taux incroyables de résidus toxiques ? Pourquoi tu ne plantes pas tout simplement des patates pour nettoyer le terrain ? » « Mais enfin, tu n'as quand même pas jeté ce beau tonneau ! George t'avait dit qu'il réparerait les fissures dès qu'il aurait un moment. » Se promener dans le jardin avec Tory, c'était comme faire la tournée d'une usine avec un inspecteur chargé de contrôler l'hygiène. Mais c'était encore préférable à la compagnie de Gillyflower. Gillyflower la rendait folle. « Oh, Maman ! Tu te souviens quand Tory et moi on faisait nos petits pique-niques sous le magnolia ? Qu'est-ce qu'elle est devenue, cette dînette ? Elle est toujours au grenier ? Elle était en métal bleu vif... »

À la peinture au plomb, probablement, comme Tory, toujours hypercritique, n'aurait pas manqué de le souligner lorsque Lilith avait rangé ce qu'il restait de la dînette dans une boîte pour la donner à une vente de charité des scouts du quartier. William avait été chez les scouts. Pour le bien que ça lui avait fait ! On ne pouvait pas dire que vivre avec Caspar faisait de lui quelqu'un d'irréprochable en pensée, en parole et en action. Surtout pas en action. Parfois, Lilith se surprenait à se demander ce que son fils et Caspar pouvaient bien faire au lit. Elle se souvenait alors que, d'après ce qu'elle avait lu, ils ne faisaient probablement rien dans un lit. Quant aux choses expliquées dans les brochures que Barbara avait laissé traîner dans la maison – quel tact, cette Barbara ! – après que William se fut « montré au grand jour » – (Quelle expression stupide ! fallacieuse ! grotesque ! Comme si elle ne savait pas, depuis des années) – eh bien, non seulement elle les trouvait absolument répugnantes, mais elle était persuadée qu'elles avaient contribué à la mort prématurée d'Hector. Elle n'oublierait jamais la nuit où elle s'était réveillée sans le trouver à ses côtés. Elle était allée à pas de loup dans la salle de bains où elle entendait des pleurs étouffés et l'avait trouvé assis, pitoyable avec son pyjama en accordéon sur les chevilles, pleurant à chaudes larmes devant les morceaux d'une photo en couleurs éparpillés sur le carrelage. Elle l'avait aussitôt ramené au lit et lui avait parlé assez longtemps pour qu'il reprenne ses esprits et se rendorme. Puis elle était restée allongée les yeux grands ouverts. Après avoir regardé pendant plus d'une heure le jour se lever lentement, elle avait renoncé à se rendormir et avait passé les quelques heures qui restaient avant le petit déjeuner assise à la table de la cuisine, à repêcher les minuscules morceaux du puzzle rassemblés dans la pelle pour les recoller un à un, jusqu'à ce que le patchwork du visage de William sourît à nouveau gaiement sur la photo de classe préférée d'Hector. Elle ne l'avait jamais dit. Non, elle ne l'avait jamais dit. Mais le fait que Will fût homosexuel – et ils pouvaient se moquer d'elle tant qu'ils voulaient mais elle persistait à penser qu'il y avait une part de choix dans le destin des gens – cela et rien d'autre avait signé l'arrêt de mort de son père.

Et on ne pouvait pas dire que ça lui avait réussi. Le voyait-on jamais sourire, désormais ? Il arrivait avec son air arrogant, traînant derrière lui son Caspar, ce sale faux-jeton dépravé, et s'il vous voyait prendre le sécateur pour couper quelque branche folle, il vous sautait à la gorge. « Il ne restera plus rien, si tu continues comme ça ! » Qu'avaient-ils donc, ses gosses ? Comment avaient-ils pu devenir tellement opposés à tout changement ? Pas un seul d'entre eux n'aurait, de son plein gré, modifié quoi que ce fût au Domaine. En témoignaient les histoires qu'ils avaient faites le jour où elle avait repeint le couloir d'un bleu très légèrement différent. Leurs hurlements le jour où elle avait jeté ces jardinières hideuses ! Ils croyaient avoir le droit de conserver les choses exactement telles qu'elles avaient toujours été. Quand elle avait demandé à Barbara – qui avait trente-deux ans à l'époque, pas vingt-deux, trente-deux – d'emporter ce qu'il restait de ses affaires à l'hôpital où elle travaillait, tout de même, depuis des années et où elle avait une chambre, son visage s'était figé et elle s'était arrangée, on ne sait comment, pour avoir l'expression de quelqu'un qui vient d'être giflé. Ce n'était tout de même pas la faute de Lilith si, après dix ans de service à l'hôpital, Barbara n'était pas capable d'obtenir une meilleure chambre avec davantage de placards ! Pourquoi Lilith aurait-elle dû organiser l'agencement de sa maison en fonction de ce qui convenait à l'administration de la Santé publique de Fellaham ? Elle avait bien le droit de disposer d'une ou deux pièces qui ne fussent pas des dépotoirs. Elle était chez elle, tout de même. Elle ne voyait pas non plus pourquoi il lui fallait supporter la présence, dans le garage, des voitures de sport de William – des tas de rouille à moitié désossés – et, dans les étages, des vieilles peluches de Barbara et des puzzles préférés de Gilly qui encombraient ses armoires. Même Victoria semblait revendiquer le droit d'occuper la seule grange qui ne prenait pas l'eau avec ses boîtes de matériel de dessin, ses coffres à glaise et ses chevalets. « J'emporterai tout ça quand George aura fini d'agrandir la maison. » Quand les poules auront des dents, oui ! S'imaginaient-ils qu'elle devait éternellement organiser sa vie en fonction d'eux ? Si c'était le cas, ils allaient avoir un choc. Un choc nécessaire. Lilith se souvenait encore de celui qu'elle avait eu des années plus tôt, lorsque Mrs Maxwell avait levé les yeux tout en continuant d'astiquer discrètement l'argenterie et avait dit à Mrs Philimore sa voisine, tout éplorée parce qu'elle venait d'être battue : « Vous devez quittez cet homme. Votre mère et votre père se sont donné du mal pour vous avoir et vous élever, ce n'est pas pour que vous deveniez le souffre-douleur de Roderick Philimore. » Cette réflexion n'avait pas eu beaucoup d'impact sur cette pauvre cruche d'Harriet : une semaine plus tard, elle faisait à nouveau irruption dans la cuisine de Lilith, tabassée de frais et pleurant comme une Madeleine. Par contre, cette petite pensée subversive avait tout de suite pris racine dans l'esprit de Lilith. Suis-je sur terre pour faire le bonheur d'Hector Collett ?

Non. Et cet infime sentiment d'amertume s'était développé comme un cancer, incluant les enfants dans sa rancœur, avait rendu impossibles les choses difficiles et gâché toute sa vie conjugale. Quelle erreur de la part des femmes de vouloir expier chacune de leurs minuscules poussées d'égoïsme en se sacrifiant un peu plus ! Seulement, personne ne pouvait jamais vraiment savoir si la roue de la vie allait tourner rond et longtemps. À cet égard, c'était un peu comme mettre des enfants au monde. S'il suffisait d'appuyer sur un bouton pour tout arrêter quand ça va mal, peu de bébés verraient le jour. Bien moins encore atteindraient l'âge adulte si, de la même façon, une femme pouvait crier stop lorsqu'elle se rend compte qu'elle en a assez. Tel était son lot. Toute sa vie saccagée – et ensuite, la vieillesse.

Certaines femmes s'en accommodaient. (Tout juste, peut-être.) Les veinardes ! Mais pour d'autres, comme elle, c'était là une terrible malédiction qui entravait leur vie et les rendait aigries. Et rien n'y pouvait rien changer. Ni un quelconque aménagement. Ni la force de la volonté. Au fil des années, elle avait dû se dire au moins mille fois : Lilith, détends-toi. Profite de tes enfants, occupe-toi du jardin. Laisse les soucis te passer au-dessus de la tête et vis en paix.

Cela lui avait-il fait du bien ? Non. Elle n'y arrivait pas. À tel point qu'elle ne pouvait même pas se réserver une matinée tranquille. En moins d'une heure, elle se mettait à penser qu'elle devait absolument faire telle ou telle chose, et une rage folle l'envahissait. Pourquoi devait-elle décrocher ce téléphone qui sonnait ? (Parce que l'un d'eux était peut-être à l'hôpital en train de la réclamer.) Ou ouvrir la porte au chat qui grattait ? (Parce qu'ouvrir cette porte pouvait lui éviter d'avoir à nettoyer le tapis plus tard.) Ou faire ceci ? Ou cela ? Ou mille autres choses encore ?

Les pâquerettes sauvagement décapitées valsèrent dans les airs. Lilith baissa la tête et son regard fixa ses doigts terreux et maculés de taches d'herbe. Mon Dieu ! Combien de fois par jour ces mains étaient-elles passées sous le robinet ? Assez souvent pour surpasser Lady Macbeth. Entraînée par la routine moderne des anniversaires, de Noël, du jour de l'An et de Pâques, cette illustre mère de famille et maîtresse de maison n'eût jamais trouvé le temps de souhaiter la mort de Duncan, le roi d'Écosse, et encore moins de comploter contre lui. « C'est l'anniversaire du général Banquo la semaine prochaine, mon cher. Et celui du fils de Duncan, Donalbain, la semaine d'après. Et je crois que parmi les chers petits de Macduff, il y en a un ou deux qui sont nés en août. Dois-je leur offrir des présents à tous ou leur envoyer simplement une carte ? »

Ou les trucider ? Enfonçant ses doigts très profondément dans le sol jusqu'à ce que la terre pénétrât douloureusement sous ses ongles, Lilith déterra une touffe de pissenlit qui atterrit dans le buisson le plus proche. Même quand les gens avaient disparu, on n'avait pas le droit de les rayer de la liste des corvées. Hector était mort et enterré depuis dix ans. Dix ans déjà ! Et pourtant, immanquablement, dans la première semaine de mars, Barbara apparaissait sur le pas de la porte, avec sur le visage son insupportable expression d'infirmière compatissante et sous le bras une friandise hors de prix pour « participer ». Mais participer à quoi ? Hector n'était plus là. Barbara pouvait téléphoner à William tant qu'elle voulait pour se plaindre de l'accueil glacial de sa mère et de son manque total de la plus élémentaire des gratitudes. (Pardi !

Elle avait compris depuis belle lurette pourquoi leurs lignes de téléphone étaient occupées pendant des heures après ces visites.) Mais c'était Barbara qui était égoïste. Barbara ! Comme toutes les autres sangsues accrochées à Lilith, elle continuait résolument à suivre le cours de la vie d'avant, dans laquelle le 2 mars était l'anniversaire d'Hector. Elle refusait de s'adapter à la nouvelle vie qui avait commencé le jour où il était mort – définitivement parti. Lilith avait appris à la laisser faire. Si Barbara voulait rejouer le même petit jeu à chaque printemps, très bien. Mais elle ne trompait personne, surtout pas la vraie veuve. Car Lilith avait découvert une réalité cruelle au cours de ces dix dernières années : puisque Hector, après lui avoir pris les meilleures années de son existence, n'avait pas trouvé le moyen de rester en vie pour l'aider à traverser la période la plus difficile, elle ne le pleurerait pas. Non. Plus maintenant.

De toute façon, elle n'avait pas le temps, avec les autres qui la harcelaient à longueur de journée. « Ça fait des lustres que tu n'es pas venue nous voir. » « J'emmène les enfants au guignol. Tu ne veux pas venir avec nous ? » « C'est impossible que tu ne connaisses pas Fran. C'est ma meilleure amie depuis des années. » Et il aurait fallu qu'elle trouve en plus l'énergie de s'intéresser à leurs nouveaux appartements, à leur dernier tapis, à leurs enfants et aux copains de leurs enfants. Mais elle était usée. Elle n'était plus qu'une carapace vide. La force herculéenne qu'il lui avait fallu pour réprimer toutes ses réactions de mère indigne l'avait entièrement vidée de sa substance. Elle avait passé sa vie à essayer d'éviter les propos trop rudes : « Fiche-moi le camp ! » « Ah, quel pot de colle tu fais ! » « Tu vas te décider, oui ou non ? » « Tu ne peux pas faire la roue sans que je reste là à t'admirer, non ? »

« Allons, va-t'en de là ! » Et peut-être avait-elle eu tort. Peut-être était-ce cet effort pour se museler pendant trente ans qui l'avait épuisée et laissée sans ressort, incapable de s'extasier sur les peinturlurages de ses petits-enfants ou de les admirer, à l'école maternelle, qui couraient sur scène avec leurs oreilles de lapin en carton et chantaient leur chanson en bafouillant.

C'était tragique mais c'était comme ça. Il y avait peu de gens pour qui la vie était une partie de plaisir du début à la fin. Et elle, au moins, allait bientôt retirer son épingle du jeu. Pour l'instant, aucun de ses enfants n'était au courant de l'acompte qu'elle avait versé pour l'achat du petit bungalow au bout de Frosthole Close. Ils seraient horrifiés quand ils l'apprendraient. Elle les entendait d'ici. « Et le piano, tu le mettras où ? » « Tu ne vas quand même pas vendre la belle commode de grand-mère ! » « Et où veux-tu que je mette toutes les affaires que j'ai dans le garage ? » Elle avait bien raison d'attendre le dernier moment pour le leur annoncer. Ce serait des histoires à n'en plus finir. Mais elle était déterminée à en passer par là. C'était pour cela qu'elle avait été atterrée d'apprendre que Barbara allait se marier. Démanteler une maison de famille au bout de quarante ans était déjà une entreprise considérable. Elle ne pouvait pas se permettre d'endurer par-dessus le marché une nouvelle déception de Barbara, avec son cortège de crises d'hystérie et de scènes à n'en plus finir lorsque l'homme de sa vie, comprenant subitement dans quoi il s'embarquait, prendrait la tangente. Et même si celui-ci, par miracle, tenait bon, il était hors de question de fêter le mariage au Domaine. Trop d'inconvénients. Il y aurait des gens qui entreraient et sortiraient sans cesse pour livrer des cadeaux, mesurer les tables, parler décoration florale. Tôt ou tard, ils comprendraient ce qui se tramait. Le facteur leur tendrait une enveloppe à l'en-tête du bureau du cadastre. Ou bien ils croiseraient un géomètre dans le jardin. Ou les voisins lâcheraient le morceau. L'aboutissement de la démarche demanderait des semaines. Il faudrait d'abord avoir en main le permis de construire. Ensuite, signer l'acte de vente du terrain à la personne qui devait reprendre le Partridge. Ensuite, vendre la maison. Elle ne pourrait pas faire tout cela avec Barbara et Gillyflower qui pleurnicheraient sur leurs trésors d'enfants disparus du grenier, Tory qui se répandrait en injures parce qu'elle osait faire une chose pareille ou qu'elle ne la faisait pas comme il fallait, et William qui pousserait Caspar à entamer une procédure judiciaire pour tout arrêter ou, pire, perdrait des mois à essayer vainement de trouver l'argent nécessaire pour racheter la maison et le jardin. Il était vraiment plus sage de le leur dire une fois que ce serait fait et qu'il n'y aurait plus de retour en arrière possible. Et s'ils prenaient la mouche et ne voulaient plus lui adresser la parole, tant mieux. Elle aurait déjà atteint son but à moitié : avoir la paix. Sans ses rejetons à sa porte tous les quatre matins avec leurs jérémiades, leurs souvenirs et leurs critiques sur sa façon de jardiner, elle aurait le temps de consacrer ce qui lui restait d'énergie à ce qui n'était plus que l'ombre d'elle-même.

Si toutefois elle ne se faisait pas doubler par Caspar. Qu'est-ce qu'il mijotait, ce sale faux-jeton ? Sûrement de la trahir ou de trahir William. L'un ou l'autre. Plutôt elle. Quel avantage aurait-il eu à poignarder William dans le dos ? Elle se doutait bien qu'il n'appréciait pas outre mesure de venir au Domaine, mais il était difficile de croire qu'il trouvait ces visites assez insupportables pour avoir envie de l'aider à se débarrasser du jardin.

C'était un vieux roublard qui faisait ses coups en douce. Quand elle avait appris qu'il offrait à Barbara un mariage au Partridge, elle avait tout de suite pensé qu'il savait tout. Mais après son départ elle avait réfléchi : elle s'était dit qu'il fourrait son nez dans ses affaires par pure malveillance et que si son choix s'était porté sur le Partridge, c'était un coup de malchance. Maintenant qu'il avait passé l'après-midi à lui faire comprendre que non seulement il connaissait ses plans, mais qu'il savait aussi comment y mettre fin par un simple coup de fil, elle ne savait que penser, sinon, bien sûr, que désormais la culpabilité et la responsabilité étaient, comme par miracle, partagées entre eux deux.

Caspar et Lilith. Drôle d'alliance. Mais qui pourrait s'avérer utile si les mystérieuses intentions de Caspar tenaient bon. Elle n'avait pas à s'inquiéter. Peut-être même l'aiderait-il. Visiblement, il ne poussait pas Barbara à venir se jeter à ses pieds pour battre sa coulpe bruyamment. Il avait bien dit qu'un aimable consentement à prendre part aux festivités suffirait. Et il avait réussi à tenir William à l'écart depuis plusieurs semaines. Il en restait trois avant cette réunion capitale de la commission du plan d'occupation des sols prévue deux jours avant le mariage – semaine chargée durant laquelle Barbara refermerait délibérément sur elle les portes blindées de ses responsabilités familiales, juste au moment où sa mère allait enfin les rouvrir.

Lilith s'étendit voluptueusement sur la pelouse jonchée de pâquerettes et se mit à contempler le ciel. Personne ne s'en rendait compte, mais on rêvait encore, à son âge. Et son rêve était en train de se réaliser. Une petite maison (pas vraiment sans danger pour les petits-enfants, trop exiguë pour recevoir des invités) où elle briserait la carapace sous laquelle ce qui restait de sa vraie nature survivait encore. Elle pourrait être gentille, désormais. Elle pourrait enfin être douce et généreuse et affectueuse. Elle aurait d'ailleurs pu être Mrs Gentillesse toute sa vie si elle ne s'était pas fait piéger à devenir Mrs Collett. Mais sa vraie vie commencerait dans trois semaines.

Trois semaines...

Lorsque Lilith leva les yeux, envahie par le désir ardent de liberté du prisonnier purgeant ses derniers jours de peine, un énorme nuage gris acier vint rouler sur la cime du sycomore et masqua le soleil.

13

Garçon

Le même nuage creva au-dessus de Caspar qui venait de quitter le rond-point pour s'engager sur la bretelle de l'autoroute. Une bonne excuse pour s'arrêter et prendre l'auto-stoppeur, quoiqu'il eût l'habitude d'en prendre depuis des années.

Et celui-là était mignon comme tout. Leurs regards ne s'étaient pas encore croisés que Caspar sentait déjà une forte pression sous sa braguette. Il ne se posa même pas la question, toujours éprouvante pour les nerfs, de savoir si ce garçon serait d'accord ou pas. Le genre ardent et soumis, cela se sentait à des kilomètres. Il était à lui avant même d'avoir jeté sur le siège arrière son sac à dos presque vide, avant que la voiture eût redémarré, avant que sa ceinture eût été attachée.

Caspar conduisait vite et parlait à peine, juste quelques mots marmonnés vers l'arc de cercle que dessinait l'essuie-glace, à propos de l'insupportable excès de prudence des autres conducteurs. Il ne voulait pas connaître ce garçon. Il ne voulait pas savoir s'il était en première ou en terminale, ni dans quel collège, ni quelles matières il était en train de bûcher, ni ce qu'il voulait faire plus tard. Il allait jusqu'à Londres avec Caspar et c'était suffisant. En savoir trop gâcherait tout.

Et de toute évidence, l'autre comprenait. Il avait dû en rencontrer plus d'un du genre de Caspar, à force de traîner sur les autoroutes avec son sac presque vide et sa posture repérable même à travers une averse. Cependant, à l'approche de la première série d'échangeurs, Caspar préféra s'assurer qu'il avait vu juste : il lui demanda dans quel quartier de la ville il allait puis, pour répondre au vague bredouillement du garçon appuyé par un haussement d'épaule, il dit d'un ton désinvolte :

« Tu veux passer un moment avec moi ? »

Mais où ? Caspar ne ramenait plus personne à l'appartement. Malgré les vœux pieux prononcés le jour où William et lui s'étaient mis d'accord sur cette question, il avait dû endurer d'épouvantables scènes les rares fois où il avait essayé. C'était trop cher payé. Une chambre dans Seddon Street, derrière l'hôpital, lui coûterait moins cher dans tous les sens du terme.

Il prit donc cette direction. C'était un hôtel bon marché, propre, calme (Caspar entendait par là qu'il y avait de vrais murs et non des cloisons en papier mâché ou des portes de communication entre les chambres), et on pouvait se garer sans problème. Le jeune homme regarda à peine autour de lui en montant l'escalier, moins par nervosité que par indifférence. Caspar regretta de ne pas avoir avec lui les quelques gadgets qu'il aimait bien utiliser de temps en temps avec William. Tant pis. Peut-être y aurait-il quelque objet intéressant dans le sac à dos...

Cet après-midi étonna Caspar. Une révélation du début à la fin. Depuis la petite pause bien calculée, un rien provocatrice, que marqua le garçon avant d'obéir à la première injonction de

Caspar (« Mets-toi à genoux, s'il te plaît »), jusqu'à la perfection avec laquelle il roula des yeux et soumit son corps malmené aux exigences implacables et incessantes de Caspar. La beauté docile d'un corps jeune en pleine croissance était toujours troublante. Il fut très surpris aussi de découvrir le plaisir intense que pouvait procurer une ceinture de cuir bien épaisse, une petite breloque de porte-clefs et un garçon qui savait ouvrir la bouche uniquement pour en faire bon usage ou pour dire « Monsieur ».

Après, Caspar se sentit magnanime. Tout en cherchant son portefeuille dans sa poche, il fit un signe de tête approbateur en direction de la feuille dactylographiée épinglée sur la porte : « Vous pouvez garder la chambre jusqu'à demain 12 heures. »

Le jeune homme secoua la tête avec embarras.

« Non, il vaut mieux que j'y aille. »

Il avait failli dire « il vaut mieux que je rentre », Caspar le savait. Sa mère commencerait à s'inquiéter de son absence à dix heures du soir et s'empresserait de poser une feuille de papier d'aluminium sur son dîner pour l'empêcher de se dessécher dans le four en s'efforçant de ne pas imaginer le pire. Comme Mrs Collett des années plus tôt, la mère de ce garçon devait passer des nuits blanches, dévorée par l'angoisse, pendant que son fils arpentait les autoroutes, bavardait avec des inconnus, attendait avec un mélange d'espoir et de peur qu'une main révélatrice se posât sur sa cuisse. William avait-il dispensé ce genre de faveurs en son temps (et à sa façon) ? Probablement. On sait ce que c'est qu'un corps jeune et parfait. Lui aussi aurait frémi d'effroi et de ravissement en posant les mains sur ce corps-là.

Caspar poussa son élan de générosité jusqu'à la reconnaissance.

« Allez, je te ramène jusqu'à l'autoroute. »

Le garçon ne protesta pas. Il remercia d'un signe de tête, prit sa veste sur le dos de la chaise et déverrouilla la porte. Caspar compta discrètement les billets qui restaient dans son portefeuille, tout en suivant des yeux les jolies fesses haut perchées qui descendaient l'escalier devant lui. Il les regardait encore lorsqu'elles tournèrent au coin de l'hôtel et avancèrent jusqu'à la voiture. La circulation était dense, comme il fallait s'y attendre, mais peu lui importait. Cela lui laisserait un peu plus de temps pour réfléchir à ce qu'il allait raconter à William. Le jeune garçon, heureusement, ne dit pas un mot pendant tout ce temps. Il s'amusait à baisser et à relever son dossier. Caspar fit au moins quinze kilomètres en dehors du centre pour le laisser à un endroit où il trouverait facilement une voiture pour rentrer chez lui. Ensuite, dans un accès d'euphorie, il lui glissa encore quelques billets dans la main.

« Achète-toi quelque chose de chouette. »

Le garçon lui fit un grand sourire. Sans doute pensait-il déjà, comme Caspar, au chauffeur de poids lourd du lendemain qui prendrait son pied en voyant les zébrures et les traces de coups déjà presque bleues sur ces fesses de porcelaine fraîches comme la rosée. Il claqua la portière tellement fort que l'avis de permis de construire qui était tombé par terre pendant les manœuvres du siège fut carrément coupé en deux.

Caspar actionna un bouton pour baisser la vitre et tendit la main. Le garçon se pencha maladroitement à l'intérieur pour la serrer. Puis, mi-soulagé mi-gêné, il partit. Caspar démarra en trombe.

Au premier feu rouge, il s'aperçut que les gens se retournaient sur lui et il mit un moment à comprendre pourquoi. La fenêtre, du côté passager, était restée grande ouverte et il chantait à pleins poumons :

« *L'amour est un bouquet de merveilles...* »

Il remonta la vitre mais continua à chanter.

III

1

Un bouquet de merveilles...

La couturière de Barbara n'était pas contente.

« C'est incroyable ! Il faut que je reprenne tout encore une fois ! »

Barbara ne se tenait plus de bonheur. Elle fit une pirouette et se jeta dans les bras de Miguel-Angel.

« Je n'y arriverai jamais si vous bougez tout le temps ! »

Il la renvoya à la couturière qui continua à ronchonner, sourcils froncés, en posant ses épingles.

« Vendredi en huit. Je ne pourrai pas vous la finir avant.

– Oh non, c'est juste la veille du mariage !

– Oui, je sais. » Devant le visage radieux de Barbara, elle se laissa attendrir. « Bon, d'accord. Jeudi. Mais ne venez pas la chercher avant le soir.

– Et vous n'oublierez pas de coudre la petite perle bleue dans l'ourlet ?

– Je n'oublierai pas. »

Miguel-Angel se tourna vers le mur tandis que la couturière défaisait Barbara de sa robe en la lui passant délicatement par la tête. Quand il eut fini d'examiner les photos d'autres mariées, d'autres beautés radieuses enrobées de satin, de dentelle, de velours et de mousseline, pour laisser à Barbara le temps de remettre sa jupe et de boutonner son chemisier, il se tourna à nouveau vers elle en sifflotant distraitement.

« Qu'est-ce que c'est ? »

Courtois, comme toujours, il s'arrêta immédiatement.

« Quoi ?

– L'air que tu siffles. »

Il haussa les épaules. Il s'était mis à siffler sans s'en rendre compte. La couturière, tout en installant la robe sur son luxueux cintre capitonné, gronda gentiment Barbara.

« Tête de linotte ! S'il y a quelqu'un au monde qui doit reconnaître cette chanson, c'est bien vous. »

Barbara essaya d'être aussi péremptoire que sa nature le lui permettait. « Recommence », dit-elle d'un ton sévère à son fiancé. Et à la couturière, qui était devenue une amie : « Et vous, allez-y, chantez les paroles. »

Complaisamment, Miguel-Angel recommença depuis le début. La couturière avait une jolie voix.

« *L'amour est un bouquet de merveilles...* » entonna-t-elle.

Ils éclatèrent de rire en chœur. Puis Barbara dit : « Oh, je suis si heureuse ! Pourvu que ça dure ! »

2

Toujours raison

Tory et Gillyflower faisaient la tournée des rayons de vêtements dans les magasins de Fellaham. Tory avait déjà décidé qu'elle mettrait sa robe verte et emprunterait un joli chapeau. Quant à Gilly, elle avait toujours été incapable de s'acheter une robe en présence de qui que ce soit. Elle ne supportait pas l'idée qu'on l'attende devant la cabine d'essayage. Cela l'empêchait de se concentrer pour imaginer ce que donnerait telle ou telle robe avec les chaussures ou les collants assortis. Elle se contentait donc, à chaque fois, de caresser du bout des doigts les vêtements alignés sur les portants et de s'extasier sur les tissus. « C'est joli ça. J'aime beaucoup. »

Au bout d'une heure à peine, elles étaient plus intéressées par le rayon vaisselle que par celui du prêt-à-porter. (Tory cherchait un pot à lait.) Tout à coup, Gilly n'y tint plus.

« Si on allait faire un tour à l'alimentation ? Ça m'éviterait peut-être d'aller à Tesco vendredi. »

Tory savait depuis le début que Gilly finirait par mettre sa robe à fleurs marron. Mais elle se sentit tout de même obligée de lui rappeler qu'il fallait passer à la boutique où Barbara avait déposé sa liste.

« Quand on sera chargées de tous les sacs de bouffe, il faudra retourner à la voiture. »

Gilly soupira.

« On laisse tomber, si tu préfères. Mais, et toi, ton cadeau de mariage ? »

Tory avait déjà un pied sur l'escalier roulant.

« Aucune importance. Je crois que je vais leur offrir le carillon éolien en cristal taillé que la tante de George nous a envoyé de Dublin. Il est toujours dans sa boîte. »

Le visage de Gilly s'illumina.

« Tu crois que la couette qu'Angus a gagnée à la dernière tombola de Horridge pourrait faire l'affaire ?

– Pourquoi pas ? C'est toujours utile, une couette. »

Pour fêter l'économie qu'elle venait de faire, Gillyflower jeta deux paquets de crème glacée à la chantilly dans son chariot. (Inutile de faire un régime si elle mettait sa robe marron.)

« Tiens, au fait, c'est bizarre, dit-elle en se tournant vers Tory. Quelqu'un de chez Horridge a dit à Angus que la maison de maman était en vente. »

Sur la pile de produits en promotion, Tory prit un carton de huit yaourts à la banane proches de leur date de péremption. Personne, chez elle, ne raffolait des aliments aromatisés à la banane, mais la différence de prix était substantielle.

« Les gens mélangent tout, répondit-elle. Apparemment, c'est le Partridge qui est à vendre. Ça fait un moment qu'ils sont en difficulté. C'est une société étrangère qui va le racheter.

– Bien fait pour eux, fit Gilly avec mépris. Avec les prix qu'ils pratiquent ! »

Tory jeta un coup d'œil plein de regrets par-dessus son épaule.

« Dommage qu'on ne puisse pas congeler les yaourts...

– C'est quand même bizarre, tous ces bruits qui courent, reprit Gillyflower. Je n'en parle pas à maman pour ne pas l'affoler. Mais hier soir, en rentrant, Angus m'a dit qu'un vendeur de chez eux avait vu une demande de permis de construire pour une partie du jardin.

– Moi aussi, j'ai entendu dire ça, dit Tory. Mais d'après ce que j'ai compris, il s'agit d'un permis pour des bungalows style chalet qui seront construits à côté. »

Toujours à sa joie de ne pas avoir à dépenser d'argent pour le mariage de Barbara, Gilly prit une épaule d'agneau en plus du rôti de porc hebdomadaire.

« On peut retourner cinq minutes aux légumes ? »

Tory fit un habile demi-tour en trois manœuvres avec le chariot.

« C'est à croire que la plupart des gens ont le cerveau qui ramollit quand ils lisent un journal local, dit-elle à sa sœur. Le Partridge a probablement besoin d'un permis pour changer de propriétaire. Il ne faut pas oublier que c'est un hôtel. À mon avis, la mairie doit vérifier qu'il n'est pas racheté par la mafia ou par un patron de bordel ou de tripot. Il suffit d'une annonce de changement de propriétaire dans le *Courrier de Fellaham*, pour que les commérages commencent. Les gens sont débiles. »

Elle était tellement habituée à avoir toujours raison sur tout qu'il ne lui venait jamais à l'esprit qu'elle pouvait avoir tort.

3

« À droite ou à gauche, Monsieur ? »

« Pardon ? »

William s'efforça de regarder le visage lumineux qui se levait vers lui.

« Je vous demandais de quel côté vous portez, Monsieur. »

Ah oui, bien sûr.

« Heu... à gauche. Oui, à gauche.

– Très bien, Monsieur. »

Baissant à nouveau la tête, le jeune homme retourna à ses mensurations et William s'efforça de réprimer la bouffée de colère et de gêne qui montait en lui. Il n'avait pas besoin d'un costume neuf. Et quand bien même il en aurait eu besoin, fallait-il vraiment le faire faire chez ce tailleur cul-serré recommandé par Caspar ? Jusqu'à présent, les modèles les plus chics et les plus chers que l'on trouvait en prêt-à-porter avaient toujours fait l'affaire. Caspar essayait-il de lui faire passer un message ? « Ton corps a changé d'allure. Il est temps de passer au sur mesure. »

Ça rimait, en plus ! Le grognement de rage que William éructa en voyant échouer ses efforts désespérés pour penser à autre chose fit sursauter l'assistant du tailleur.

« Pardon ?

– Rien, rien. »

Ce n'était rien, en effet. Après tout, ce n'était pas la faute de Caspar si ce jeune homme accroupi à ses pieds avait les mêmes cheveux que son cousin Dougie, l'Écossais à la tignasse flamboyante qui, tout petit déjà, le fascinait. « Tu passais les bras à travers les barreaux de ton lit pour essayer d'attraper ses cheveux. » « Une fois, tu lui en as arraché une touffe pendant qu'il dormait. » Les anecdotes ne manquaient pas. Mais la seule dont William se souvînt, personne ne la lui avait jamais racontée. Personne ne savait que le jour où on l'avait emmené voir la crèche vivante où Dougie faisait de la figuration, enveloppé dans un grand manteau rouge, William était tombé amoureux – et cet énorme béguin avait duré jusqu'au fameux jour qu'il avait mis des années à oublier.

« Juste une petite vérification, Monsieur. Par acquit de conscience. »

Dieu merci, le jeune homme abandonna sa position à genoux. William leva docilement les bras et, soudain, ces boucles qui le troublaient tant se remirent à danser devant ses yeux.

C'était comme cela que tout avait commencé. Un jeu brutal au cours duquel Dougie bondissait comme un diable du massif de lauriers, se jetait à plat ventre sur le petit jardin de William et roulait en tous sens pour écraser ses pensées, ses gueules-de-loup et ses roses trémières, cependant que William essayait désespérément de l'en empêcher. Ce jeu devint un rituel, jusqu'à l'année où la gourmandise de Dougie et le talent de William pour faire pousser des fraises s'associèrent pour instaurer une paix durable. Elle dura, en fait, jusqu'à l'été où Dougie, qui connaissait de nouveaux jeux, reprit celui de la bagarre, mais sous une forme différente et dans le massif de lauriers, cette fois, et non plus à découvert dans le jardin de William.

Qu'avait-il donc de si attirant, ce Dougie ? Après toutes ces années, William ne s'expliquait toujours pas comment le fait de le voir tournoyer deux ou trois fois sous des voiles de mousseline bon marché avait pu le rendre esclave de son cousin. Comble de malchance, les quelques ordres lancés alors par un tyran au petit pied résonnaient parfois aux oreilles de William avec le même pouvoir d'excitation qu'autrefois. Si bien que le jour où il avait entendu sa mère approcher, une simple pression de la main de Dougie sur sa tête l'avait convaincu de poursuivre humblement sa besogne.

Les avait-elle vraiment vus ? Elle avait fait irruption du massif de lauriers avec une telle brusquerie que les gouttes de pluie retenues par les feuilles avaient jailli en tout sens. Selon toute vraisemblance, elle les avait flairés. Ils devaient empester le sexe. Elle n'était pas folle.

Une chance, Dougie avait fini. Il avait même remonté sa braguette. Et on ne peut pas punir deux jeunes garçons parce qu'ils ont les joues rouges. Ils s'étaient encore bagarrés. C'était tout ce qu'elle pouvait dire.

Mais elle avait compris. Elle savait. On ne pouvait pas expliquer autrement l'expression de ses yeux et la terreur qui s'était emparée de William. Perdant l'équilibre, il tomba à la renverse dans ses plus beaux fuchsias, les « Abbé Ferges », cassant leurs tiges et écrasant leurs corolles d'un violet parfait sur tout un parterre.

« Ce coin est devenu un vrai foutoir ! Je croyais que tu avais promis de t'occuper de cette partie du jardin. »

Dougie s'était éclipsé et William ne pouvait l'en blâmer. Lui avait dû rester, avec cette angoisse et ce dégoût de lui-même qui se transformaient en sanglots, tandis que, prenant tout son temps, elle arrachait des lauriers toute trace de ce qui rendait William si fier, son *Tropaeolum speciosum*, une fleur rouge, exubérante, qu'il avait patiemment fait pousser à partir de graines.

« Voilà. C'est quand même un peu plus propre comme ça. »

Plus jamais William n'avait eu de rapports sexuels dans le jardin. Ni d'attirance pour les cheveux roux.

Le jeune garçon rembobina son centimètre et le remit dans sa boîte.

« Je pense que vous n'aurez pas besoin de revenir, Monsieur. »

William regarda devant lui sans sourciller.

Ça, c'est sûr, mon coco, pensa-t-il. Je ne reviendrai pas. Pas pour toi.

4

Costume blanc

Miguel-Angel rendit la lettre à Barbara d'un air dégoûté. Barbara la relut.

« *Faites-moi ce plaisir* », avait écrit Caspar. Et au-dessous figuraient les coordonnées de son tailleur et l'assurance que malgré la date aussi tardive, le costume pourrait être prêt à temps.

« J'ai déjà un costume, s'obstina Miguel-Angel.

– Oui, mais il voudrait que tu sois en blanc. »

L'air dégoûté fit place à une moue boudeuse.

« J'ai un costume blanc. »

Barbara essaya de cacher son incrédulité mais Miguel-Angel la remarqua.

« Je te dis que j'en ai un, insista-t-il. Il est chez moi. Dans un placard.

– Tes parents ne pourraient pas l'apporter ? »

Miguel-Angel haussa les épaules.

« Écoute, il nous a rendu tellement de services », reprit Barbara. Mais elle n'était pas sûre de se battre sur le bon terrain. Dès le début, Miguel-Angel avait accueilli les interventions de

Caspar avec une indifférence plus couramment dévolue à un courtier qu'à un bienfaiteur. Et sa façon d'évoquer le fait que Caspar allait payer la note – « quelque chose d'emprunté » – mettait encore plus de distance entre eux. Mais ce « plaisir », le costume blanc, lui avait visiblement mis les nerfs à vif.

Et ceux de Barbara aussi. Elle fut prise de panique en se rendant compte, pour la deuxième fois ce jour-là, qu'elle allait épouser un inconnu. Broadbent avait été le premier à jeter le trouble en elle, quelques heures auparavant. Dans ce même cabinet où Caspar l'avait reçue en dressant entre eux comme une barrière ses mains jointes par les bouts des doigts, cet homme lui avait fait un cours magistral sur le déclin de la fertilité et les ovulations sporadiques, avant de lui demander d'enlever sa jupe et de grimper sur la table d'examen.

« Grimper. » Quelle expression ridicule ! Mais Barbara s'y allongea avec un sourire radieux, parce que, pour la première fois de sa vie, elle avait réussi à y monter sans l'aide du petit escabeau. Mieux encore, elle occupait juste la largeur de la bande de papier jetable, sans déborder de part et d'autre. Elle était tellement transportée de joie que l'assistante dut lui demander plusieurs fois de remonter un peu pour poser sa tête sur le coussin.

Heureusement, pendant ce temps, Broadbent relisait le petit mot de Caspar. C'était un homme averti qui allait l'examiner. « Manque de confiance en soi », avait écrit Caspar, et s'il y avait une chose dont Broadbent pouvait se targuer c'était d'avoir toujours évité, depuis le début de sa carrière, d'inquiéter inutilement ses patientes. Il lança plusieurs petites phrases rassurantes. « Je ne vois rien d'anormal. » « Parfait, parfait. » « Aucun problème en vue. » « Tout va très bien. » Parti sur sa lancée, il dut se retenir, une fois son examen terminé, de tapoter les fesses de Barbara.

« Honnêtement, je ne vois pas pourquoi vous auriez plus de problèmes que les autres femmes de votre âge », lui assura-t-il enfin, en glissant dans sa main, en prime, un petit thermomètre rose.

« Essayez donc pendant quelques mois. Et si en plus vous observez bien le calendrier, il n'y a aucune raison, vu votre état de santé, que vous ayez besoin de notre aide. »

Mais ensuite, en dépit des instructions de Caspar, il ne put empêcher son professionnalisme de reprendre le dessus.

« À moins, bien sûr, qu'il n'y ait un problème de l'autre côté.

– De l'autre côté ? »

Il fallut à Barbara un moment pour comprendre qu'il parlait de Miguel-Angel. Broadbent avait employé cette obscure figure de rhétorique parce qu'il ne savait pas comment s'appelait son fiancé, et encore moins s'il avait semé des enfants aux quatre vents toute sa vie. Et à vrai dire, Barbara ne le savait pas non plus. Chaque fois qu'ils parlaient du passé de Miguel-Angel, celui-ci détournait habilement la conversation sur ses plus jeunes années. Elle savait tout des cuisines de son enfance résonnant de bruits de casseroles, des chemins poussiéreux et écrasés de soleil, du dédale de ruelles où des ribambelles d'enfants jouaient bruyamment. Elle savait peu de choses de ses années à l'école primaire, encore moins de ses études secondaires et presque rien de sa vie après cela. Il ne lui avait pas montré une seule photo, malgré toutes les allusions et suggestions qu'elle faisait depuis des semaines. Et même les lettres qui s'entassaient sur l'appui de sa fenêtre disparaissaient du jour au lendemain. Cet homme avait ses petits secrets et il ne la laissait jamais seule dans sa chambre. Une fois, une seule fois, quand on l'avait appelé en bas d'urgence, elle avait ouvert le premier tiroir de sa commode. Mais son cœur s'était mis à battre au point de lui faire éclater la poitrine et elle avait aussitôt refermé le tiroir. Elle devait lui faire confiance. Elle devait tolérer ces mystères. Le jour où elle avait ralenti au volant de sa voiture, croyant faire un mauvais rêve, en le voyant dans une cabine téléphonique du village voisin enfourner des pièces dans l'appareil comme si ce n'était pas lui qui les avait gagnées. Le soir où il lui avait mis sa robe de chambre sur les épaules parce qu'elle avait froid et qu'elle aurait juré avoir entendu un tic-tac et senti la forme d'une montre de gousset à travers le tissu avant que, détournant son attention par quelque pitrerie, il ne glissât sa main dans la poche pour faire disparaître la montre. Il y avait eu aussi le jour où elle avait trouvé sous son lit des pages entières manuscrites, couvertes de chiffres, et celui où, descendu pour répondre au téléphone, il était remonté en maugréant dans son espagnol natal. « Pas de problème chez toi, j'espère ! » avait-elle dit. « Non, non. Aucun problème. »

Curieusement, rien de tout cela ne l'avait inquiétée. Pourtant, c'était louche. Il y avait quelque chose qui ne collait pas. Elle n'aurait jamais conseillé à une de ses amies ou patientes de s'engager à l'aveuglette auprès d'un homme au passé obscur. Tout comme l'acte de foi que le père O'Hare espérait secrètement (et à tort) la voir faire à la fin de son cours d'instruction religieuse, son mariage avec Miguel-Angel serait un pas dans l'inconnu. Et pourtant, cela lui était égal. Pourquoi ?

Parce qu'il n'était pas hypocrite. Contrairement à ce minable d'Andrew Taylor ou à ce mufle de Bernard. Il disait la vérité ou il ne disait rien. On pouvait ajouter foi à tous ses propos. Elle essaya de se convaincre que, pour la troisième fois de sa vie, elle était peut-être en train de se faire rouler dans la farine. Et s'il avait une femme et six enfants qui l'attendaient à Santiago de Compostela ? Et s'il faisait du trafic d'armes ou tapait dans la caisse de l'hôtel ? Non. Elle ne pouvait pas y croire. Il était foncièrement honnête, cela se sentait dans ses mains douces et caressantes, dans ses baisers brûlants et même dans les grognements de bête frustrée qu'il émettait pour la taquiner. On pouvait bien la prendre pour une folle. Sa confiance en lui était inébranlable. Et si on lui demandait comment elle pouvait envisager d'offrir le reste de sa vie à quelqu'un dont elle ne savait presque rien, sa réponse était toute prête : parce qu'il m'offre exactement la même chose.

Sortant de sa petite bouderie à la fenêtre, il se retourna et lui demanda :

« Qu'est-ce que tu racontes ? »

Il l'avait entendue marmonner une devinette extraite d'un de ses livres de contes préférés qui avait fini dans une vente de charité.

Elle rougit sans répondre. Il prit sa main et la serra.

« Dis-le-moi. »

Elle ne s'attendait pas à une pression aussi forte.

« Quel est le vrai prix de l'amour ? », dit-elle dans un souffle.

Aussitôt, il lui lâcha sa main.

« C'est simple, dit-il d'une voix égale. Le vrai prix de l'amour, c'est l'amour. Toujours. »

Caspar avait raison, comme d'habitude. C'était bien un prince. Et il devait se marier en blanc.

Elle avait les larmes aux yeux lorsqu'elle lui dit :

« Demande-leur d'apporter ton costume. S'il te plaît. Fais-le pour moi. »

5

Le matin du mariage de Barbara

Le matin du mariage de Barbara, Mrs Collett s'éveilla aux piaillements des hirondelles qui se chamaillaient sous l'avant-toit. Sa première pensée fut pour le cadeau. « Je ne leur ai pas acheté de cadeau ! » Elle retomba sur ses oreillers et passa en revue le contenu de ses placards et de ses étagères. Il y avait bien un joli service à thé dans le réduit, sous la cage d'escalier, mais il n'avait pas d'emballage. Cela n'irait pas. Il y avait aussi le rang de perles qu'Hector lui avait offert pour leur dernier anniversaire de mariage. Mais, connaissant Barbara, elle s'en souviendrait. Et de toute façon, c'était un cadeau trop personnel. Elle pouvait peut-être leur offrir une plante ? Il suffisait de trouver un joli pot en terre, de bien le nettoyer et d'y mettre n'importe quel arbuste qu'elle décorerait avec des rubans.

Et tout à coup, elle eut une idée de génie ! Le percolateur ! Il était sur une étagère de la cave depuis des années, toujours dans sa boîte. Le cadeau de mariage par excellence. Et si elle ne lui trouvait pas très vite un foyer, les joints en caoutchouc seraient fichus. La prise était-elle aux nouvelles normes ? Il faudrait qu'elle vérifie et qu'elle la remplace le cas échéant.

Ragaillardie, elle enfila ses pantoufles et descendit l'escalier à pas feutrés. À peine avait-elle commencé à se battre avec la serrure de la porte de la cave que les chats se mirent à miauler, pressés de dévaler l'escalier. Lilith, elle, fut beaucoup plus prudente, prenant tout son temps pour descendre les marches irrégulières, maudissant l'ampoule trop faible qu'elle avait choisie pour éclairer cet endroit où il faisait noir comme dans un four.

Mais enfin, il était bien là. Exactement là où elle se souvenait de l'avoir rangé. Le dos de la boîte était un peu décoloré à l'endroit où il était resté en contact avec le mur, mais elle s'arrangerait pour le cacher. Il était bien lourd. Elle le sortit. Un cadeau tout à fait convenable. Elle n'avait vu personne utiliser ce genre de percolateur depuis bien longtemps. Maintenant, tous les gens avaient des cafetières électriques ou de ces récipients en verre très fragiles avec un piston en métal tressé. Ou encore de ces machines italiennes sophistiquées comme celles qu'elle avait vues au sous-sol de chez Forrester au moment de Noël.

Mais cet appareil-là ferait parfaitement l'affaire. Elle prendrait son temps pour l'emballer et pour écrire l'étiquette. Personne, Barbara moins que quiconque, ne s'apercevrait qu'il n'était pas neuf.

Et de toute manière, c'était un cadeau très utile. C'est pourquoi elle l'avait gardé depuis si longtemps. Elle avait toujours su qu'il servirait un jour.

6

Comme l'as de pique

Gilly était debout devant le miroir de la chambre à coucher, en slip et en soutien-gorge, figée comme une statue. À sa gauche, sur un cintre, était pendue la robe chasuble à fleurs marron qu'elle avait depuis des années, et à sa droite, celle qu'elle avait empruntée à la sœur d'Angus : une robe fourreau qui avait dû coûter les yeux de la tête.

« Si j'étais toi, je m'en tiendrais à la marron, ma chérie. C'est plus sûr. »

Elle entendait l'écho de ces mots aussi clairement que si sa mère eût été dans la pièce. Les souvenirs affluèrent par vagues. La fois où elle avait passé des heures à se faire un chignon pour être accueillie, dans la cuisine, par un éclat de rire. « Oh, oh, on dirait Miss Macaroni ! Attention, c'est moi que v'là ! » La photo que, dans un curieux accès de confiance en elle, elle avait fait agrandir pour l'anniversaire de mariage de ses parents. Un copain du collège l'avait prise en plein soleil en train d'éclater de rire, la tête rejetée en arrière – pas du tout elle –, une fille exubérante et épanouie qui aurait fait la fierté de ses parents. « Oh, mon

Dieu ! On ne voit que tes dents et tes cheveux ! » (Et après, après avoir dit ça, elle avait accroché la photo sur le palier du premier, si bien que chaque fois qu'elle passait...)

Mais sa mémoire, glissant sur des rails bien graissés par la mortification, cette fée du logis, avait fini par atteindre son but. L'as de pique. Ce souvenir horrible lui tomba dessus comme une chaussette pleine de sable mouillé – *flatch !* – avec une telle force qu'elle s'écroula sur le lit. L'as de pique. Rien d'autre à faire que de rester assise sans bouger jusqu'à ce qu'il ait passé son chemin. Elle avait dix-sept ans ! Dix-sept ans ! Même pas encore sortie du collège. Et elle était tombée follement amoureuse de Richard Clayton ! Les rêves torrides, les genoux qui flageolent et le violent coup au cœur chaque fois que le téléphone sonnait. Les heures passées devant la glace à se coiffer, se maquiller, s'habiller. Elle se revoyait à table à côté de Tory, les coudes résolument plantés dans des moitiés de citrons écrasées. Quelle idée saugrenue ! Les coudes d'une fille de dix-sept ans pouvaient-ils être autre chose que parfaits ?

C'est ce qu'avait dû penser Richard. Elle en était sûre. Le seul moment où son assurance avait flanché, c'était lorsqu'il l'avait conduite entre les colonnes de pierre qui projetaient leur ombre sur la gigantesque porte d'entrée de ce qu'il avait appelé sa maison (alors qu'une plaque à côté de la grille indiquait les heures d'ouverture et le prix d'entrée). Il l'avait précédée dans des corridors aussi longs que les couloirs du collège, la présentant fièrement à tous les gens qu'ils croisaient (et qu'elle aurait pris pour des membres de sa famille si – heureusement pour elle – Richard ne leur avait demandé où était servi le thé et dans quelle pièce le feu de cheminée était allumé) et enfin ils étaient entrés dans l'immense salon. Des plafonds si hauts qu'on aurait pu crier en l'air et attendre l'écho. Des tentures si riches et si lourdes qu'il fallait sans doute les laisser accrochées telles quelles pendant des années ou les envoyer à Londres si on voulait les faire nettoyer. Des meubles que l'on ne pouvait imaginer ailleurs que dans leur cadre grandiose. (Un seul d'entre eux dans n'importe quelle autre maison eût suscité à tout bout de champ des exclamations assommantes : « Oh, la, la ! C'est magnifique ! Mais d'où ça vient ? Et comment avez-vous fait pour le passer par la porte ? »)

Puis, traversant l'immense tapis pour venir jusqu'à elle, bras ouverts, la mère de Richard. Dans un froufrou parfumé, une brève embrassade et un rire de gorge. « Voici donc ta merveilleuse Gillyflower ! » Gilly se souvenait des toasts (un peu secs) et du thé (beaucoup trop léger), de la raideur avec laquelle elle se tenait sur son tabouret incrusté de perles, feignant de s'intéresser à un soufflet peint au pochoir, tandis qu'autour d'elle la discussion s'animait. « Non, mon petit Richard ! Ne ris pas ! La pauvre Nana ne peut plus se dédire maintenant. Ce n'est pas n'importe quelle soirée. C'est pratiquement un service commandé. Claquée ou pas, elle doit y aller. Alors, quand elle passera, sois gentil, dis-lui qu'elle est merveilleusement belle, sinon je renvoie ta chère Gillyflower et tu vas te coucher ! »

Se passa-t-il deux minutes ou vingt minutes ? Elle se rappelait seulement avoir parlé du collège (bien que l'expression ahurie de Mrs Clayton lorsqu'elle commença à détailler les matières qu'elle étudiait avertît Gilly qu'elle n'était pas chez des gens pour qui le travail scolaire ou les examens comptaient beaucoup). Elle se rappelait quelques propos sur les jacinthes (que Mrs Clayton adorait ? n'aimait guère ? détestait ? – elle ne savait plus), puis était arrivé, avec le bruit de la porte s'ouvrant brusquement et les courants d'air autour de ses chevilles, l'instant gravé dans sa mémoire par l'acide de la honte.

L'arrière-grand-mère de Richard était apparue sur le seuil dans un chatoiement de bleu. Sa robe tombait jusqu'au sol. Ses bijoux scintillaient dans la lumière. Elle avait même des paillettes dans les cheveux. Étaient-ce des diamants ? De vrais diamants ?

« Entrez. Entrez. » La mère de Richard avait pris un ton à la fois sévère et jovial. « Comment pourrions-nous vous admirer comme il convient à une telle distance ? »

Gilly reverrait-elle jusqu'à la fin de ses jours cette vieille dame toute frêle traversant lentement plusieurs arpents de tapis pour s'approcher d'eux ? Bien que l'arrière-grand-mère de Richard fût totalement différente d'elle et par son âge et par son allure, Gillyflower se surprit à penser que c'était exactement ainsi qu'elle voulait marcher jusqu'à l'autel où Richard l'attendrait solennellement – oui, précisément avec ce séduisant mélange de dignité naturelle et de léger embarras qui conviendrait parfaitement.

Mrs Clayton fut la première à parler : « Eh bien, vous voyez que vous y êtes arrivée, Nana ! Vous êtes absolument superbe ! » Puis Richard : « Nan, combien de cœurs allez-vous encore briser ce soir ? » Mais ce fut l'exclamation pleine d'affection et de générosité de Gilly à l'adresse de cette fragile étrangère qui retentit le plus fort dans le salon.

« Vous êtes vraiment attifée comme l'as de pique ! Vraiment ! »

Oh, ce silence ! Cette onde de choc qui parcourut la pièce. Cet éclat de jubilation impie dans les regards durs de tous les Clayton accrochés aux murs. Avant même que l'écho qui courait sur les corniches se fût éteint, elle avait compris. Tout le monde la dévisageait, même Richard. Et ils avaient raison ! Comment avait-elle pu entendre ces mots, d'aussi vilains mots, aussi souvent sans jamais comprendre ce qu'ils voulaient dire ? Comment avait-elle pu, non seulement durant son enfance gaie et insouciante mais pendant toute son adolescence pleine de doutes et d'interrogations, comment avait-elle pu croire que chaque fois qu'elle venait, toute fière, se montrer à sa mère dans une tenue de soirée qu'elle venait d'improviser, c'était un compliment, un éloge qu'elle recevait ?

Un ange passa – du moins le supposa-t-elle – tandis que le sang battait dans ses oreilles et derrière ses yeux. Reprenant son souffle sans élégance, elle tenta de rester arrimée au sol sans crier, sans gémir, sans brailler de désespoir. Elle entendit à peine les paroles glaciales signifiant son congé. « Bon. Mon petit Richard, tu raccompagnes Gilly chez elle pendant que je m'occupe de Nana. »

Et voilà. Fin de l'idylle. Fin de l'histoire. À deux reprises, elle avait téléphoné pour s'expliquer et Mrs Clayton avait été l'amabilité même, disant qu'elle comprenait parfaitement, que ce n'était rien, que Gilly devait oublier cet incident. Mais Richard ne l'appelait plus. Et une semaine plus tard, elle avait appris de la bouche de Tory qu'on l'avait vu avec une autre. Moins de six mois après, toujours malade d'humiliation, sans avoir recouvré la raison, elle avait épousé Angus, simplement parce qu'il l'avait demandée en mariage.

Mais Angus n'avait aucun don d'exorciste. Elle avait dû faire ce travail toute seule, au fil des années, se blinder contre certains noms – les produits d'entretien l'As de pique, Richard, le fils des voisins et Mr Clayton, le laitier. Les coups s'espacèrent. Et peu à peu, elle arriva même à croire le mensonge qui à l'époque n'avait pu la consoler : « Mais voyons ! Ce serait arrivé de toute façon. »

Il lui était resté cette ultime douleur inaltérable, indissoluble. Que penser d'une mère qui accueille avec mépris vos efforts vestimentaires, et ce de façon tellement systématique que vous prenez ce qu'elle vous dit pour une approbation ? Que penser d'une enfance durant laquelle on vous a si peu habituée aux compliments que vous ne connaissez même pas les mots justes pour en faire à votre tour ?

Gilly prit le cintre qui se trouvait à sa droite. La robe fourreau avec son joli petit boléro assorti brilla de tout son luxe dans l'air immobile. Elle prit le cintre accroché à sa gauche.

Mieux vaut s'en tenir à la marron, peut-être.

C'est plus sûr.

7

Oh, merde !

Oh, merde ! Tory se retint de le dire tout haut. Pourtant, le mot semblait encore résonner dans l'habitacle de la petite voiture lorsqu'elle s'arrêta dans un dernier hoquet. Mrs Collett ne dit rien non plus (quoique son silence à elle fût chargé à parts égales de plusieurs choses : la rancune envers George qui n'était pas là, le mépris pour Tory qui avait choisi cette voiture, et la satisfaction mêlée de lassitude de voir se réaliser une prédiction catastrophique). Dans le rétroviseur, Tory voyait déjà Gilly se recroqueviller dans l'espoir de se fondre comme un caméléon dans la housse du siège. Mais, comme d'habitude, c'était à Tory de tirer la famille de ce mauvais pas. Elle sortit de la voiture, en résistant difficilement à la tentation de la rouer de coups de pied. Qu'est-ce qu'elle avait encore, cette saleté de bagnole ? Tory fouilla dans sa mémoire pour retrouver les rudiments de mécanique acquis des années plus tôt dans un cours d'entretien d'automobile (auquel elle s'était inscrite sans doute pour faire honte à George car elle ne se souvenait pratiquement de rien). Encrassement du filtre à air ? Obturation du carburateur ? Panne d'essence ? Bon Dieu !

Même George n'aurait pas osé lui faire ce coup-là le jour du mariage de Barbara.

Elle savait au moins une chose : ce n'était pas la peine de soulever le capot. Tout ce qu'elle arriverait à faire serait de mettre du cambouis sur sa plus belle robe ou, pire, sur le chapeau qu'on lui avait prêté. Elle n'avait d'autre solution que d'appeler Andrew Taylor au garage Esso. Seul un homme auquel sa famille pouvait faire une sorte de chantage sentimental consentirait à venir les dépanner un samedi matin.

Entre le virage dans lequel la voiture s'était arrêtée et la première maison en vue, il y avait un chemin boueux. Zut ! ses chaussures en daim ! Tory les enleva puis, ignorant à la fois le silence de sa mère, plus blessant qu'une remarque, et le regard affolé de Gilly, elle ôta aussi ses collants. Personne n'avait encore prononcé un seul mot lorsque Tory s'engagea entre les deux champs, pieds nus sur les empreintes de pneus qu'un tracteur avait imprimées dans la boue.

Et elle eut une vision. Quelque chose d'extraordinaire. Les ondulations durcies du sol faisaient pression sous la plante de ses pieds et elle se revit là-bas, à Tadley Beach, chargée de surveiller Gilly avec qui elle pataugeait dans les flaques d'eau – pas plus loin que le marchand de glace de ce côté et au retour pas au-delà des toilettes où maman était entrée, juste une minute, pour enlever son maillot de bain trempé dans lequel elle était sûre d'attraper la mort.

Et Gilly disparut. Jusqu'alors, le monde tournait bien rond : sur l'eau les éclats de soleil, sous ses pieds les ondulations dures et fraîches du sable et les vagues froides qui éclaboussaient ses chevilles. Et l'instant d'après, Gilly n'était plus là. Immédiatement, le monde perdit ses couleurs. Comme si tout à coup, par extraordinaire, elle devenait aveugle, une lumière blafarde se posa sur tout ce qui l'entourait, rendant les choses presque invisibles. La mouette, au-dessus de sa tête, fit entendre un dernier cri déchirant et le temps s'arrêta complètement. Victoria était seule : seule sur son bout de plage ; seule au monde ; seule dans cet univers cruel.

Les doigts saisirent son bras comme des griffes.

« Où est ta sœur ? Où est-elle ? »

Tory lutta désespérément pour retrouver son souffle et ses esprits.

« Elle est...

– Réponds-moi !

– Elle est... »

Et elle réapparut. Le monde se remit à tourner normalement lorsque, dans une joyeuse avalanche de cailloux, Gilly dévala la dune, derrière elles.

« Là-bas ! » s'écria Victoria. Et dans sa confusion, se sentant déjà graciée, elle perdit complètement la tête. « Je savais où elle était. Je voulais juste te taquiner. »

La gifle la fit tournoyer et tomber à la renverse dans le sable plissé que baignaient quelques centimètres d'eau. Son effroi ne dura que quelques secondes. Mais comme les jours suivants furent longs ! L'obstination avec laquelle sa mère refusait de sourire, de parler, de répondre à toute question. La rancune horriblement glacée. À table, dans les escaliers, dans le jardin. Pas un mot. Juste ce mouvement mécanique de la tête à gauche ou à droite chaque fois que Tory l'approchait. Gauche. Droite. Gauche. Droite. Ce froid dura tellement longtemps que Tory s'exerça à arrêter son cœur qui battait à tout rompre pour faire des paris. Gauche ? Ou droite ? De quel côté la tête allait-elle se tourner ? Si elle gagnait trois fois de suite, peut-être aurait-elle droit au pardon.

Y aurait-elle droit, à la fin ?

Gauche, droite. Au moins, il y avait le téléphone, à la ferme. Gauche, droite. Tory s'approcha. Si Andrew travaillait ce matin-là, s'il venait tout de suite, si la panne n'était pas trop grave, elles arriveraient peut-être à la chapelle avant la fin de la bénédiction. (Elles se rattraperaient après en arrivant les premières à la réception pendant que les minibus loués par Barbara se perdraient.) Gauche, droite. Debout sur le perron, une femme la regardait s'avancer. Gauche, droite. Gauche, droite.

« Excusez-moi, pourrais-je utiliser votre téléphone ? J'ai un petit problème avec ma voiture. »

8

L'alliance à son doigt

Après la cérémonie, les minibus se perdirent très rapidement, comme toujours. *Tourner à DROITE après le terrain vague*, avait écrit Barbara en grosses lettres sur les explications qui accompagnaient le plan. Mais Bunster et Dido étaient occupés à se chamailler pour savoir si le prêtre n'avait pas un peu exagéré à propos des rampes, et ils avaient vu la bifurcation trop tard. Engagés sur une bretelle d'autoroute, ils avaient dû aller jusqu'à Ripley pour faire demi-tour.

Howard et Ellie s'en étaient un peu mieux sortis. Ils étaient allés jusqu'à Great Furley et là, Ellie avait dit « Tourne ici, Howard », d'un ton tellement péremptoire qu'il avait tourné trop tôt dans un chemin cahoteux qui ne pouvait conduire qu'à une ferme. C'était le cas.

Les patients étaient stoïques. (Seuls ceux qui étaient dans les fauteuils roulants installés à l'avant voyaient la route.) Les quatre autres à l'arrière bavardaient. « C'est pas grave. » « On va bien finir par trouver. » « Ça laissera un peu plus de temps à Barbara pour s'organiser. » « Elle a épousé un type vraiment adorable ! »

Car Miguel-Angel avait été charmant avec eux. À l'initiative de Barbara, il était arrivé à la chapelle en avance et avait serré les mains de tout le monde, tapotant quelquefois une épaule, disant un petit mot gentil à chacun. « Aussi charmant que sa princesse », s'étaient-ils accordés à dire (avec la longue expérience qu'ils avaient de sa gentillesse), et ils s'étaient efforcés de faire le moins de bruit possible lorsque Barbara et lui avaient échangé leurs vœux de fidélité éternelle. *Par cet anneau, je m'unis à toi ; avec mon corps, je t'adore ; et tous mes biens matériels deviennent tiens.*

« Un peu vieux jeu », déplora Ellie. Mais tous les autres lui en voulurent d'avoir dit cela et pensèrent qu'elle était tout simplement jalouse. Phil (avec qui elle était depuis un mois) n'arrivait pas à la cheville du superbe Miguel-Angel qui, tout de blanc vêtu, avait attendu devant l'autel avec une telle prestance que beaucoup d'entre eux, fascinés, avaient cessé un moment leurs gesticulations et leurs tics. On n'avait pratiquement pas entendu un bruit dans la chapelle pendant toute la messe. Et, enfin uni à leur chère Barbara, il s'était retourné avec un air tellement triomphant qu'il leur avait pratiquement donné la permission de tousser, de gigoter, de trembloter à nouveau, de laisser libre cours à leurs émotions longtemps retenues.

Au troisième rang, l'homme qui avait amené en voiture le frère de Barbara s'était assis, levé et agenouillé d'un air contraint pendant toute la cérémonie. Les places du deuxième rang, réservées à la mère et aux sœurs de Barbara et à leur famille étaient restées vides. Pourtant, quand le jeune marié s'était tourné vers son père et sa mère, dans l'autre travée, il n'avait pas montré le moindre signe de colère ou de contrariété. Barbara non plus.

« Tu es à moi, maintenant », lui avait-il glissé à l'oreille en la guidant entre les fauteuils roulants, les sourires et les félicitations.

« Oui », avait-elle répondu, reconnaissante.

Elle était arrivée à la porte au moment où sa mère et ses sœurs grimpaient les marches quatre à quatre.

« Nous arrivons trop tard ? Oh, mon Dieu ! Je pensais que attendriez un peu. »

Miguel-Angel avança d'un pas et sortit sa montre de gousset en or massif.

« Le mariage était prévu à deux heures, dit-il en secouant la tête d'un air faussement navré. Un autre doit avoit lieu à trois heures. »

Manifestement ce n'était pas vrai. (Le curé s'était joint à Caspar et aux infirmiers pour fumer une cigarette.) Mais Mrs Collett ne discuta pas. Elle embrassa la mariée, serra la main des parents de Miguel-Angel et fit grand cas du manque de fiabilité des petites voitures françaises, sans jeter la pierre à Tory qui aurait pu l'entendre et qui était déjà bien assez embarrassée comme cela.

« On a drôlement bien fait de ne pas se fendre d'une robe neuve », dit Gillyflower pour essayer de consoler sa sœur.

Tory jeta un coup d'œil à l'ensemble des invités.

« Je me sens presque trop bien habillée. » Naturellement, ceux qui étaient dans les chaises roulantes avaient des excuses. C'était déjà assez pénible de courir les magasins quand on était valide. Par contre, les infirmiers auraient pu faire un effort. Bunster et Dido étaient affreux à voir. Phil portait un jean rapiécé et Ellie n'avait même pas l'air propre. Seul l'économe – comment s'appelait-il déjà ? Howard ? – s'était donné la peine de mettre un costume.

Et en plus, ils fumaient tous.

« Qui monte dans le grand bus ? demanda Howard à la cantonade. Plus tôt on y sera, plus vite ils ouvriront le champagne. »

Quelques favoris de Barbara s'approchèrent de la rampe eux-mêmes dans leur fauteuil.

« Nous pouvons en prendre deux, dit Barbara. Mais pas de fauteuils soudés, malheureusement. Uniquement les pliants. »

On n'en trouva que deux qui répondaient à ce critère. Ils montèrent avec Barbara et Miguel-Angel. Caspar, qui avait un coffre nettement plus grand, embarqua deux fauteuils non pliants et leurs occupants.

« Tous les autres montent avec Ellie et moi », ordonna Howard. Il se tourna vers Barbara et Miguel-Angel. « On vous suit ?

– Je vous donne un plan », dit Barbara. Au grand étonnement de son époux, elle le sortit de son soutien-gorge. « N'oubliez pas de tourner tout de suite après le terrain vague. Si vous ratez la route, vous allez vous retrouver sur une bretelle d'accès à l'autoroute et vous serez obligés d'aller jusqu'à Ripley.

– O.K., O.K. », répondit Howard.

Miguel-Angel dit quelque chose à son père. Tellement vite que l'on aurait cru entendre un sifflement de serpent à sonnette.

« Qu'est-ce que tu lui as dit ? » s'enquit Barbara.

M. Lopez de Rego répondit avec la même vélocité.

« Je n'ai rien compris.

– Il a dit qu'il allait nous suivre. »

Il prit la main de Barbara et la força à le regarder. Prenant son menton entre ses doigts, il la fixa droit dans les yeux.

« Tâche de ne pas semer mes parents, lui dit-il d'un ton presque menaçant. Conduis très lentement. »

C'était une curieuse sensation pour elle de sentir l'alliance à son doigt en tenant le volant. Elle n'arrivait pas à se concentrer tellement elle était heureuse. Tout le long du chemin, il dut lui rappeler de mettre ses clignotants.

9

Piquer les places au soleil

William n'y pouvait rien. Lui qui n'avait pourtant pas un cœur de midinette, fut ému par la façon dont Caspar accueillit leurs deux passagers inattendus.

« Vous êtes dans ce service depuis longtemps » ? avait-il demandé avant même d'entrer dans le flot de circulation qui passait devant l'hôpital de Fellaham. Le jeune homme que Bunster et Dido avaient installé derrière lui avait l'air tellement hébété et affaibli que William ne fut pas étonné de n'entendre aucune réponse venir de son côté. Mais l'autre, celui qui tremblait horriblement, voulait visiblement se montrer à la hauteur. Il répondit pour eux deux, et William, qui ne disait rien mais était très impressionné, écouta Caspar entretenir avec aisance une conversation sur les nouveaux bâtiments et leurs équipements, puis passer imperceptiblement à des considérations plus générales sur certains traitements spécifiques pour en arriver à des détails presque intimes concernant le parcours médical des deux jeunes gens. Tout cela fit passer agréablement le temps du trajet sur les petites routes bordées de verdure et marbrées de soleil. Et lorsque Caspar s'arrêta, moins brutalement que d'habitude, devant le Partridge, William se sentait presque bien.

Puis son appréhension revint. Caspar, habitué à rouler vite sur les petites routes, avait beaucoup d'avance sur Barbara. Comment allaient-ils faire maintenant ?

Mais Caspar, une fois encore, s'avéra être l'homme de la situation. Il sauta de la voiture et sortit les fauteuils roulants du coffre.

« Lequel est le vôtre ? » demanda-t-il au passager bavard, au grand étonnement de William qui n'avait jamais pensé qu'un fauteuil roulant pût être un objet aussi personnel qu'un pantalon ou une paire de lunettes.

Le bavard indiqua d'une grimace le plus abîmé des deux engins.

Caspar s'en approcha et mit le frein, sous le regard toujours admiratif de William.

« J'ai besoin d'un coup de main. »

Avant de comprendre que Caspar ne s'adressait pas à lui, William s'était déjà précipité. Pour masquer son embarras, il tira le siège avant de la voiture, comme si c'était son intention première, libérant la feuille de papier plastifiée coincée dans la glissière. Il la glissa consciencieusement dans sa poche. Lorsqu'il leva les yeux, il vit le bavard dodeliner de la tête avec une ardeur redoublée.

« En général, on pivote et on bascule ».

Pour William, c'était du javanais. Mais Caspar eut l'air de comprendre. Passant ses mains sous les genoux atrophiés et tremblants du jeune homme, il le fit pivoter jusqu'à ce que ses jambes pendent au-dessus du gravier. Puis il approcha le fauteuil, de telle sorte qu'il ne puisse pas reculer au moment où il le chargerait et n'aille pas rayer sa carrosserie.

Il se pencha, les deux bras en avant comme pour câliner un enfant trop grand.

« Prêt, Bob ? Je compte jusqu'à trois. »

Lorsqu'il l'eut saisi, Bob se laissa aller dans ses bras comme un poids mort. Caspar le fit habilement pivoter sur ses pieds tordus et basculer dans la chaise roulante.

« J'espère que vous avez les reins solides, marmonna Bob sur un ton qui dénotait, même pour un profane comme William, une volonté de masquer la honte de son tremblement derrière une banalité.

– Ne vous en faites pas pour moi », répliqua Caspar d'une façon tout aussi convenue. Il s'accroupit pour soulever les pieds ballants de Bob et les poser sur le rebord métallique. Sur quoi William réalisa, à sa grande honte, que s'il avait été seul il eût lâché le frein et poussé allégrement le fauteuil, écrasant au passage les pieds de Bob.

Vexé, William dit à Caspar : « Je m'occupe de l'autre, d'accord ? » et il se rendit compte aussitôt qu'il avait fait une gaffe. L'autre avait lui aussi un nom. Bob et Caspar l'avaient prononcé pendant le trajet.

Caspar feignit de croire que William parlait du fauteuil roulant.

« Oui, dit-il. Enlève le frein. » Puis il s'adressa au sac d'os recroquevillé sur l'autre siège. « Prêt, Otto ? » Sans attendre sa réponse, il le prit à bras-le-corps et le fit pivoter. William avança vivement la chaise roulante et Caspar y déposa Otto. Il n'y eut aucun échange de politesses cette fois. La tête d'Otto roula sur le côté. Caspar la redressa, sortit un appui-tête téléscopique que William n'avait même pas remarqué et boucla fermement les deux sangles.

« Ça va comme ça ? » demanda-t-il à Otto qui n'avait pas du tout réagi.

William s'attendait à ce que Bob répondît pour son camarade. Mais il comprit qu'il y avait là un protocole qui lui échappait. Car Bob ne dit rien, et au bout de quelques secondes, Otto mobilisant son énergie réussit à exprimer comme un geste de consentement avec les rares muscles de son visage difforme qu'il arrivait encore à maîtriser.

Alors seulement, Bob parla.

« Il a un coussin aussi. »

Caspar le trouva au fond du coffre.

« Il faut le mettre derrière lui. »

Ce que fit Caspar.

« C'est bon ? » demanda-t-il en fermant la voiture. « Nous sommes tous prêts ? Si on faisait le tour par-derrière pour piquer les places au soleil avant l'arrivée des autres ? »

Caspar et William poussèrent les fauteuils roulants devant les énormes piles de briques alignées le long du mur latéral du Partridge. Le portail s'avéra être un sérieux obstacle, jusqu'à ce que Caspar eût l'idée de repousser d'un coup de pied l'un des étais. Pas commode non plus de franchir les marches irrégulières du patio. Quant à celui qui avait conçu l'allée bordée de galets, il méritait de finir au bout d'une corde.

« Ça va ? » demanda Caspar à William lorsqu'il le rattrapa enfin.

« Ça va », haleta celui-ci, bien qu'il fût à deux doigts d'abandonner. En revanche, son estime pour Caspar remontait. Elle avait même atteint des sommets. Quant à sa sœur qui faisait cela à longueur de journée depuis des années, sans aucun doute possible, c'était une sainte.

10

Nouvelle exploitation d'un terrain

Tory et Gillyflower s'étaient retranchées dans le coin le plus sombre du hall. Tory examinait la copie joliment encadrée de la Licence de débit de boisson du Partridge datée de 1968, tandis que Gillyflower regardait autour d'elle en triturant nerveusement la cravate de sa robe à fleurs marron.

« Si on allait au bar ?

– Pour être plus tranquilles, c'est ça ? »

Gillyflower rougit.

« Tu as raison. Il va bien falloir sortir et affronter tous ces gens à un moment ou à un autre.

– Je ne vois pas pourquoi, dit Tory avec aigreur. Maman s'est bien défilée, elle. »

C'était vrai. Avec une étonnante désinvolture, Mrs Collett était retournée chez elle, de l'autre côté du mur – « J'en ai pour une minute, mes enfants, je vais me refaire une beauté et chercher le cadeau » –, et elle n'était toujours pas revenue.

Gilly s'approcha de sa sœur et chuchota :

« Il y a un petit gros dans l'escalier qui n'arrête pas de nous regarder. »

Tory se retourna aussitôt et avec si peu de discrétion que le Señor Lopez de Rego n'eut aucun scrupule à les saluer courtoisement d'un signe de tête. En tant qu'hôtelier expérimenté – et père du marié –, il avait certaines obligations envers ces deux jeunes femmes qui se tenaient à l'écart. Certes, elles avaient eu l'impolitesse d'arriver en retard à la cérémonie. Il avait trouvé cela fâcheux, et sa chère Rosina en avait été outrée. Mais la vie était trop courte pour se faire des ennemis dans une famille à laquelle il était désormais irrévocablement lié. Le Señor Lopez de Rego s'approcha donc et leur serra la main.

« Permettez-moi de vous proposer un verre. Nous devons porter un toast aujourd'hui à votre sœur et à mon fils. »

Gilly ne parvint pas à cacher son étonnement. Et Tory elle-même retint son souffle en comprenant qu'elle avait failli commettre un grave impair. Tandis qu'il les entraînait toutes les deux à l'extérieur dans la lumière éclatante, elle se demandait pourquoi ni l'une ni l'autre ne l'avait reconnu. Il était quand même sur son trente-et-un et, maintenant qu'elle y repensait, sa femme et lui étaient sortis de la chapelle bras-dessus bras-dessous quand sa voiture – classée voiture de l'année par le Guide des consommateurs dans la catégorie des petites cylindrées –, enfin sortie du coma grâce à l'intervention avisée d'Andrew Taylor, était repartie cahin-caha. Peut-être était-ce parce que le Señor Lopez de Rego ne ressemblait pas du tout à Miguel-Angel. Il était petit et rondouillard. Et il y avait quelque chose de rustre dans le visage tanné par le soleil qui se tournait à nouveau vers elle, et dans les doigts boudinés qui fourraient dans sa main une coupe de champagne.

En revanche, le diamant de son épingle de cravate brillait d'un éclat parfait.

« Merci », dit Tory, se sentant obligée, devant ses bonnes manières, de montrer qu'elle en avait aussi.

« Vous parlez très bien l'anglais, dit Gilly qui commençait déjà à glousser alors qu'elle n'avait pas encore trempé ses lèvres dans sa coupe pétillante. Où l'avez-vous appris ?

– Comme mon fils, répondit fièrement le Señor Lopez de Rego. Je l'ai appris ici-même. Chez Brown. Chez Rules. Au Ritz.

– Au Ritz ? »

Là, Gilly fut impressionnée. Mais déjà le Señor Lopez de Rego se tournait pour soustraire sa femme au petit cercle des fauteuils roulants et l'intégrer à leur conversation.

« Rosina, il faut que je te présente. »

Il tendit la main vers chacune des sœurs.

« Victoria, dit Tory.

– Gillian, dit Gillyflower. Quel beau temps, n'est-ce pas ? Nous avons de la chance.

– Où est votre mère ? » demanda Rosina qui n'était qu'à moitié dégelée.

Comme Tory ne mentait jamais, ce fut à Gillyflower de répondre.

« Oh, je suis sûre qu'elle sera là d'une minute à l'autre. Elle a fait un saut à côté pour régler une ou deux petites choses.

– À côté ? »

Cette fois, Gilly préféra laisser la parole à Tory. Sa réponse – leur mère habitait la propriété voisine – déclencha inexplicablement une discussion circonstanciée sur la nature précise de la limite entre les deux propriétés. D'après ce que Gilly put comprendre, ou bien l'anglais du Señor Lopez de Rego n'était pas aussi bon qu'elle l'avait cru, ou bien il pensait, assez bizarrement, que le mur n'avait plus de raison d'être. Tory étant par nature incapable d'abandonner une argumentation, fût-elle vaine ou tordue, la discussion s'éternisa plus longtemps que Gilly ne put le supporter. Et comme de toute façon Rosina Lopez de Rego était retournée à sa première conversation, Gilly estima pouvoir s'éclipser à son tour sans craindre d'être impolie. Derrière Rosina, le passage était bloqué par des fauteuils roulants, mais en se glissant de l'autre côté entre le magnolia et le buddleia violet, Gilly put rejoindre le sentier qui menait à la véranda.

William était debout en haut de l'escalier.

« Qui c'est ce type, là-bas ? demanda-t-il à sa sœur dès qu'elle arriva à sa hauteur.

– Lequel ?

– Le rouquin. »

Gillyflower le chercha des yeux.

« C'est Dougie, bien sûr !

– Je m'en doutais. Et qu'est-ce qu'il fout ici ?

– Barbara a dû l'inviter.

– Mais pourquoi ? »

Gillyflower lança à son frère un regard surpris.

« Je ne vois pas pourquoi elle ne l'aurait pas invité. C'est un de nos cousins.

– Nom d'un chien ! » s'exclama William avant de disparaître à toute vitesse par le trou le plus proche dans la haie d'ifs. Juste derrière, il surprit un homme qu'il était sûr de connaître en train de pisser discrètement sur le jasmin d'hiver. Quand l'autre referma sa braguette et se tourna vers lui, il reconnut Andrew Taylor du garage Esso.

« Qu'est-ce que vous faites là ?

– Je viens voir où en est la voiture de Tory. Elle a un problème.

– Oui, eh bien je ne vous conseille pas d'aller voir où en est Barbara, rétorqua sèchement William. Vous avez raté le coche il y a quatre ans.

– C'est bien ce que j'étais en train de me dire », répondit Andrew, mélancolique. Machinalement, William suivit son regard. Barbara était adossée à un banc de pierre, à l'ombre du grand sycomore, tel un superbe lys blanc. Autour d'elle, des patients attendris dans leurs fauteuils roulants, des serveurs en livrée, des collègues et des amis qui trinquaient joyeusement. Rosina Lopez de Rego était en train d'ôter sa grande capeline de paille blanche pour la poser sur la tête de sa bru d'un geste affectueux assez inattendu. Barbara inclina la capeline, ce qui la rendit plus seyante encore. Elle était ravissante. Radieuse.

Andrew interrompit la rêverie de William en lui demandant à brûle-pourpoint :

« Qui sont ces types, là-bas ?

– Quels types ?

– La bande qui est près de la balustrade. »

William scruta à son tour la foule des invités.

« Des amis de Barbara.

– Drôles d'amis ! » grommela Andrew Taylor. Puis, se rappelant brusquement à qui il parlait. « Oh pardon, Will ! »

Mais William était habitué à ce genre de choses. Il n'y faisait même plus attention. Il en profita pour filer. En marchant d'un pas tranquille vers la resserre, il se prit à penser à l'amour et à Barbara, puis à Caspar et aux rhododendrons violets. Ils s'en étaient payé de belles, tous les deux, dans ce coin-là ! Et malgré la présence cauchemardesque de Dougie Macpherson en un si beau jour, William était de plus en plus joyeux. Caspar avait été adorable ces dernières semaines. Il avait payé intégralement les frais pour le mariage de Barbara, sans regarder à la dépense, et offert en plus à William ce fichu costume dans lequel, il devait bien l'admettre, il avait beaucoup d'allure. Caspar, décidément, méritait une petite gâterie. Voilà ce qu'il allait faire : franchir le mur et, alors que sa mère (qui brillait toujours par son absence) se cachait encore dans la maison, il se glisserait par la porte non verrouillée, grimperait l'escalier de derrière et irait chercher un déguisement dans la malle. L'ancien uniforme de marin d'Hector, peut-être ? Ou pourquoi pas le tricorne doublé de soie jaune ?

William prit appui sur un nœud de l'énorme tronc du sycomore pour se hisser par-dessus le mur. Pendant un instant, en passant de l'autre côté, il eut quelque inquiétude pour son costume neuf. Mais il s'élança énergiquement en avant et évita le mur. Par contre, il s'écorcha les doigts. Et en cherchant dans sa poche un mouchoir pour essuyer les gouttes de sang, il tomba sur la feuille de papier déchirée qu'il avait trouvée coincée dans la glissière du siège passager de la voiture de Caspar.

Bien qu'il ne restât plus grand-chose de son revêtement de plastique, le papier ne lui fut pas d'un grand secours. William tamponna ses doigts mais rien ne fut absorbé. Le sang s'étala simplement sur les lignes dactylographiées – *permis de construire pour sept bungalows de type chalet* – et au bas – *adresse du propriétaire* – à – *th Co* – juste au-dessous.

th Co ?

Lilith Collett ?

William leva les yeux et vit les bornes posées par les géomètres. Une rangée de poteaux télégraphiques miniatures qui semblaient surgis de l'enfer traversait le jardin d'un bout à l'autre. Malgré ses tremblements de rage, il lui vint à l'esprit que si sa mère avait eu la bonté de laisser s'épanouir quelques plantes, personne n'aurait remarqué ces bornes. Mais sur ce gazon désert, impossible de ne pas les voir. William suivit la ligne, tel un géant de Brobdingnag * en proie à une colère noire. Près de la dernière borne, sous un tronc cruellement élagué, il trouva un papier chiffonné jeté là par le géomètre. *Article 7 : Nouvelle exploitation d'un Terrain – subdivision du jardin, le Domaine, Little Furley*, et, au stylo à bille sous le plan très explicite : *Bon pour accord* et une signature tarabiscotée – *W.D. Hamill, Conseiller municipal.* Au-dessous, la date du vendredi précédent. Il déchira cet acte officiel de perfidie en mille morceaux qu'il lança en l'air : ils virevoltèrent comme des pétales dans la tourmente. Maman et Caspar. Caspar et Maman. Une trahison conjointe. Une double traîtrise. Aveuglé par les larmes, il avança en titubant, se dirigea instinctivement vers le seul coin du jardin où, pendant quelques semaines en été, si les sécateurs ne s'en mêlaient pas, une créature blessée pouvait rester blottie sous le couvert foisonnant et intime de la verdure à attendre que la douleur triomphe et lui brise le cœur.

C'est là que Joshua et sa bande le trouvèrent.

« Quand je vous disais que j'avais entendu pleurer », dit Joshua qui manifestait infiniment plus de plaisir à faire remarquer qu'il avait raison que de sollicitude envers la victime de ce chagrin.

* Géant des *Voyages de Gulliver.*

« Il est malade ? avança Flora.

– Quand on est malade, on ne pleure pas, répliqua Frou-Frou. Il est triste, c'est tout.

– Triste ? s'exclama Joshua. Un homme ne pleure pas quand il est triste. »

Le garçon qu'ils avaient pris en stop sur une bretelle de l'autoroute en descendant vers le sud détourna les yeux. Il avait eu envie de pleurer comme cela le matin même, quand le routier de Bolton en avait eu fini avec lui. D'où la reconnaissance touchante qu'il avait manifestée lorsque la drôle de petite caravane s'était arrêtée sur le bas-côté et que ces deux beautés antillaises aux jambes de gazelle s'étaient penchées pour le faire monter.

« Tu es à nous maintenant.

– Et si tu n'es pas sage, nous te donnerons à manger à Joshua. »

Joshua, concentré sur sa manœuvre pour reprendre la route, s'était contenté de marmonner à son rétroviseur :

« Alors, les filles, on donne dans l'animal familier, maintenant ? »

Et il s'en était trouvé très bien. Dorloté et protégé, comme chez lui, mais sans ses abominables parents. Alors, quand ils lui avaient dit : « On sort à la prochaine. On te laisse là ? », il avait fait non de la tête.

Flora avait haussé les épaules.

« Tu n'as qu'à venir avec nous, si tu veux. » Elle avait élevé la voix pour demander à Joshua :

« Il peut venir avec nous ?

– Pourquoi pas ? avait-il répondu assez haut pour couvrir le vacarme que faisait son siège déglingué. On verra si mon père saura distinguer lequel de nous deux est son fils. »

Il était donc là, avec eux, mais ils pouvaient se débarrasser de lui à tout moment. Ainsi, lorsque Joshua retourna non sans mal, du bout du pied, ce corps secoué de sanglots qui commençait à l'agacer, pour ne plus voir son visage affreusement bouffi, ce fut lui qu'ils chargèrent de le surveiller pendant qu'ils allaient en chœur gâcher l'après-midi de Caspar de la façon la plus consacrée et la plus traditionnelle : en demandant un avis médical gratuit un jour de fête.

Le garçon s'estimait aussi capable que quiconque d'écouter et de réconforter une âme en peine et de lui servir de confident.

« Alors, qu'est-ce qui ne va pas ? »

William continuait à pleurer à chaudes larmes.

« Qu'est-ce qui se passe ? insista le garçon. Quelqu'un est mort ? »

C'était si proche de la vérité que William parvint à peine à secouer la tête.

« Tu as rompu avec quelqu'un ? »

Le visage dans les mains, William frissonna. Ça, c'était l'horreur à venir.

« On t'a fait du mal ? »

Quelque chose dans l'intonation du garçon capta l'attention de William. Peut-être ce soupçon d'émotion dans la voix. (Après tout, les meurtrissures, sur ses fesses, étaient encore cuisantes.) William ouvrit les yeux. Devant lui, ce même visage superbe qui avait incité Caspar à freiner brusquement sur la bretelle de l'échangeur lui coupa le souffle.

« Bonté divine ! »

Après coup, aucun d'eux n'aurait pu dire lequel avait commencé. Le garçon, en caressant la joue de William du bout du doigt, comme pour vérifier que ses larmes étaient vraies. Ou William, en se penchant pour attraper cette main douce aux doigts languides et la presser de s'occuper d'affaires plus urgentes. N'importe, ils roulèrent enlacés, faisant plusieurs aller et retour de l'ombre des lauriers aux plates-bandes ensoleillées, écrasant la gentiane et la véronique et même les silènes rouges que William avait rapportés de ses vacances à Chypre. Dès qu'il vit les traces de coups, William fut pris de frénésie et, devant la puissance qui émanait de lui, le jeune homme se mit à pousser de petits cris aigus. Dévastatrice, la fusion de leurs désirs décapita le phlox et déracina le saxifrage. Des branches de laurier volèrent en éclats, écorchant leur chair tendre, et les plus jeunes feuilles en s'écrasant dégagèrent autour d'eux une odeur âcre.

« Retourne-toi », grogna William. Et encore, et encore. « Oui, maintenant. »

Mais vint le moment où le garçon en eut assez. Repoussant son agresseur, il bascula à nouveau sur le dos et fixa la voûte de feuilles sombres et luisantes pour tenter de retrouver ses esprits.

William céda quant à lui à la peur d'être découvert.

« Allez ! Rhabille-toi en vitesse ! »

Il fallait dire ce qui était, pensa William. Ce garçon obéissait au doigt et à l'œil sans jamais discuter. Il était tellement paisible, blotti au creux de son épaule, que William sentit sa gratitude virer brusquement à la suspicion. Et si ce petit zonard faisait cela tous les jours pour gagner sa vie ?

Mais après tout, quelle importance ? Il avait sacrément bien remonté William. Et dans le jardin, en plus. C'était la première fois depuis Dougie Macpherson. Il aurait bien aimé que ce salaud de rouquin, de l'autre côté du mur, sache qu'enfin il avait fait la nique à son fantôme, qu'il l'avait définitivement exorcisé (William 3 – ou 4, peut-être –, Le tyran 0.) Mais Dougie était sûrement trop occupé, affalé sur une chaise de jardin, à siroter le champagne offert par Caspar et à compter les bouteilles vides autour de lui...

Bizarrement, son ressentiment ne se manifestait pas. Le cœur n'y était pas. William semblait ne plus attacher aucun prix à tout cela.

Se dégageant délicatement de la tête qui dodelinait sur son épaule, il se souleva sur un coude pour regarder autour de lui. Quels ravages ils avaient fait en moins de vingt minutes ! Aucune importance. En même temps que les plantes des parterres, il avait écrasé ses souvenirs. Et le garçon avait l'air satisfait. Il ronflait joyeusement. Bonne idée.

William s'allongea et ferma les yeux. Des taches de soleil qui passaient à travers les feuilles vinrent jouer sur ses paupières. Il étendit les mains et sentit dans ses doigts un fourmillement inhabituel. Il ne savait plus ce que c'était que d'être détendu, de laisser ses membres peser de tout leur poids sur le sol, de relâcher ses muscles. Il ne s'était pas allongé ainsi depuis des mois et des mois. Depuis la dernière fois qu'ils étaient partis en vacances et que Caspar...

Caspar ! Rappelé à l'ordre, il se raidit, attendant que la colère le reprenne, que ses sentiments explosent, que quelque chose se passe. Mais il ne se passa rien et, pour une fois, il ne parvint pas à se monter la tête. Plus rien ne semblait avoir d'importance. C'était comme si l'imminente destruction du Domaine avait débranché une prise géante dans son âme. Sa passion pour ce lieu s'était tarie, le laissant vide, desséché comme un squelette. Il s'entendit penser aussi clairement que s'il avait prononcé un discours : « Oh, et puis quelle importance ? Ce n'est qu'un jardin. »

Rien qu'un jardin. Des crissements de feuilles. Des odeurs de fleurs. Des rafales de chants d'oiseaux. Et le chatoiement du vent sur son visage. Rien qu'un jardin. Les larmes roulaient, régulières, sur les joues de William, mais cette fois c'était pour lui-même qu'il avait du chagrin et des regrets. Il voyait soudain avec une aveuglante clarté que, durant la plus grande partie de ces trente dernières années, cette terre l'avait écrasé, étouffé, telle une ombre noire et haïssable privant son enfance et sa jeunesse de la lumière du soleil. Il avait passé toute sa vie à se tracasser pour ce jardin. Qu'était-elle en train de couper à cette heure ? Qu'allait-elle encore arracher, cette semaine ? Tout cela pour rien, puisqu'il était voué aujourd'hui à la destruction. La pelleteuse géante discrètement garée dans l'arrière-cour du Partridge allait se mettre en branle dans peu de temps. Sans le mariage, elle aurait commencé sa répugnante besogne dès la première heure le mercredi matin. Un tour de clef, un jet de diesel, un rugissement de moteur et des années d'amour, de dévotion et de sollicitude seraient anéanties par la mâchoire d'acier.

Et pourtant, cela n'avait pas d'importance. William avait beau inspecter tous les recoins de son âme, il n'y trouvait de regrets que pour lui-même. Le jardin, il s'en fichait, maintenant. Maintenant qu'il comprenait qu'il avait perdu des années de son existence. Comme quelqu'un qui, en sortant de l'opéra, respire l'air frais et sent sa passion retomber tout à coup, son émotion se ratatiner, William regarda en arrière et vit toute sa vie telle qu'elle était. Une terrible erreur. Une cause perdue. Du temps gâché. Comment avait dit Barbara ? « Nous ne savons parler que de choses qui concernent le Domaine, toi et moi. C'est une mauvaise habitude et ça ne sert à rien. Nous ne sommes plus des enfants, et moi, j'arrête. »

William prit une profonde inspiration.

« Bon, dit-il tout haut avec fermeté. Moi aussi, j'arrête. »

Près de lui, le garçon bougea. Son joli minois roula près d'une racine arrachée. D'un geste protecteur, William le ramena sur son bras. Puis, se sentant plus en paix que jamais, il tomba dans un sommeil sans rêves. Même le bruit que firent Joshua et une des filles, lorsqu'ils arrivèrent bien éméchés quelques minutes plus tard sous le couvert des branches, ne le réveilla pas.

Flora regarda les dormeurs enlacés.

« Qu'ils sont mignons. On dirait deux Petits Poucets », dit-elle.

Joshua était moins enthousiaste. Ce garçon lui avait fait tout de suite une drôle d'impression : incapable de flirter à la fois avec Flora et Frou-Frou. Quant à l'autre, d'après le peu de choses que savait Joshua, c'était probablement le petit ami de son père. En effet, en voyant la tête de Caspar lorsque Frou-Frou tentait de lui expliquer ce qui n'était vraisemblablement qu'une banale angoisse de femme enceinte, Joshua s'était dit que son père était sans doute terrorisé à l'idée que – comment s'appelait-il déjà ? William ? – allait peut-être surgir d'un buisson et venir se présenter.

Il réveilla les dormeurs en les poussant du pied.

« Tiens », dit-il au garçon en lui tendant l'un des verres qu'il avait dans les mains. « Reviens à toi, on va faire la fête. »

Il offrit à l'autre le cocktail psychédélique que le bel Espagnol lui avait servi.

« Tu ne serais pas William, par hasard ? » demanda-t-il d'un air soupçonneux.

William s'assit.

« Un Charmeur de dragon ? » Il prit le verre avec reconnaissance. « C'est Caspar qui t'envoie me chercher ?

– Non, répondit Joshua avec aigreur, Caspar est occupé. »

Ce fut au tour de William d'avoir l'air soupçonneux.

« On ferait peut-être mieux d'y retourner. »

Flora n'attendait que cela.

« Ils avaient l'air de bien s'amuser, dit-elle avec envie. Ils organisent une course de fauteuils roulants sur la pelouse. »

Ragaillardi par le Charmeur de dragon, William sauta sur ses pieds.

« Vous êtes des amis de Barbara ? demanda-t-il très civilement en s'adressant à eux trois.

– Non, dit Joshua. C'est un certain Broadfoot qui nous envoie.

– Broadhurst, corrigea William.

– Broadbent », dit Flora.

Elle tendit la main au jeune homme encore tout étourdi pour l'aider à se lever, et tous les quatre retraversèrent le jardin, franchirent la ligne de bornage et arrivèrent au pied du grand sycomore où William leur indiqua les meilleurs appuis pour passer par-dessus le mur.

Flora grimpa la première. Suivie du garçon.

William profita du moment où Joshua et lui attendaient leur tour.

« Tu ne serais pas Joshua ? » demanda-t-il, juste au moment

où ils étaient dans la ligne de mire de Mrs Collett qui les regarda avec stupeur. « Enchanté. Comment vas-tu ? »

Joshua pouvait difficilement ignorer la main tendue vers lui, mais il n'avait pas non plus à se montrer particulièrement aimable.

« Ça ira mieux quand tout sera fini », dit-il sèchement.

11

Coffrets de savons

En haut, dans la chambre, Mrs Collett laissa retomber le rideau. Ça irait mieux quand tout serait terminé. Elle était toute troublée d'avoir vu son fils serrer la main d'un étranger dans son jardin. D'où sortaient-ils, ces deux-là ? Des buissons ? Et qu'y avaient-ils fait, pour l'amour du Ciel ? Ils avaient quand même dû être présentés l'un à l'autre avant...

Arrête ! se dit-elle avec fermeté. Arrête ! Ne pense pas à ça. Continue.

Elle retourna à ses coffrets de savons éparpillés sur le lit. Tout cela irait à une œuvre de charité avec le reste. Il n'y aurait pas de place dans son bungalow pour ces savons et ces lots de serviettes éponge grotesques. Elle n'avait qu'à donner toutes ces cochonneries. Pourquoi diable les avait-elle gardées pendant tant d'années ? Barbara n'avait qu'à venir choisir ce qu'elle voulait, et elle se débarrasserait du reste. Allez, ouste ! Elle allait de ce pas le dire à Barbara, avant que les tourtereaux ne s'éclipsent. Quand ils reviendraient de leur lune de miel, il serait peut-être trop tard. Avec un peu de chance, elle serait sans doute déjà bien tranquillement installée dans son petit bungalow où personne ne pourrait la déranger. La maison était en vente et le premier acquéreur sérieux (un étranger, naturellement) semblait vouloir l'occuper tout de suite. Tant mieux. Elle n'aurait pas le temps de se poser de questions. Elle prendrait ce qui l'intéressait et laisserait le reste.

Mrs Collett attrapa un paquet contenant une housse pour siège de W.-C. avec tapis de bain assorti et quitta la chambre. Elle s'occuperait du percolateur plus tard. De toute façon, cette satanée machine était trop lourde pour elle. Si l'un de ses bons à rien de gendres avait daigné se montrer, elle en aurait envoyé un la chercher. Mais Angus et George avaient trouvé de bonnes excuses, comme d'habitude. Elle se souvenait à peine à quoi ils ressemblaient, ces deux-là. Curieux qu'une femme ait besoin de toute une vie pour apprendre des ruses qu'un homme connaît naturellement.

Elle n'allait pas s'embêter non plus à fermer la porte à clef. Les gens pouvaient bien entrer et prendre ce qu'ils voulaient. Sa tâche s'en trouverait simplifiée.

Lilith quitta la maison aussi vite que si elle avait eu des ailes. Elle se hâta vers la propriété voisine, son paquet sous le bras, prit d'un geste gracieux un cocktail des mains d'un jeune homme en fauteuil roulant – dont la façon bizarrement raide de tenir le verre lui avait fait croire qu'il le lui tendait –, et entra pour la première fois au Partridge, à la recherche de Barbara et Miguel-Angel.

12

Désirs exaucés

Miguel-Angel s'adossa à la porte pour empêcher Barbara de sortir.

« Non, vraiment, insista-t-elle en essayant de prendre un air sévère. On ne peut pas se sauver comme ça, ça ne se fait pas. Il faut qu'on y retourne encore un peu. » Étourdie par le champagne, elle recourut à ce qu'elle croyait être un argument choc. « Tes parents vont trouver que ce n'est pas très poli. »

Il ricana. (Il avait bu beaucoup plus qu'elle.)

« Mes parents me doivent six mois, pas une demi-heure. »

Barbara n'écouta que la fin de la phrase.

« Une demi-heure ! » s'exclama-t-elle, choquée. Mais à nouveau elle se mit à glousser. « Les gens vont penser qu'on est... »

Elle ne savait pas comment le dire.

« Oui ? »

Elle ne voyait toujours pas comment le formuler. Elle allait s'affaler sur le lit pour y réfléchir, lorsqu'elle s'aperçut que Miguel-Angel n'était pas en train, comme elle l'avait cru d'abord, de tapoter le couvre-lit pour l'inviter à s'asseoir, mais de tirer le lit jusqu'à la porte.

« La serrure est cassée », expliqua-t-il, les mâchoires serrées par l'effort.

« Regarde les marques que tu fais par terre. »

Il s'en fichait complètement. Elle se demanda si c'était l'abus d'alcool qui le rendait à ce point indifférent au fait de perdre sa place. Les nouveaux propriétaires du Partridge se montreraient sûrement indulgents : ce barman, cet étranger un peu désinvolte, ne se marierait pas tous les jours. Mais tout de même, les éraflures qu'il avait faites sur le sol avec ce lit métallique minable n'étaient pas belles à voir.

Une fois qu'il l'eut bien coincé contre la porte, il se tourna vers les tas de paquets-cadeaux posés au milieu de la pièce. Quelques minutes plus tôt, le Señor Lopez de Rego, très impressionné par le premier d'une longue série de Charmeurs de dragon, avait brusquement décidé de débarrasser la table de la véranda occupée par les cadeaux, afin d'accélérer la vitesse de fabrication des cocktails. Miguel-Angel examina un moment la pile avant de se jeter sur le plus grand des paquets. Il le souleva et le secoua.

« Ha ! »

Malgré le tournis, Barbara voulut montrer qu'elle avait les pieds sur terre.

« Regarde d'abord l'étiquette. »

Miguel-Angel arracha la petite carte parsemée de cloches dorées et la lui lança.

« *Avec tous nos vœux de bonheur. Gillian et Angus* », lut-elle à voix haute avec attendrissement. Puis elle releva la tête et vit son

cher Miguel-Angel sortir de l'emballage un énorme nuage blanc.
« Ça alors ! C'est la couette qu'ils ont gagnée à la tombola du Noël de Horridge ! J'y étais ! »

Il ne l'écoutait pas. Il avança jusqu'à elle et commença à défaire les agrafes, les boutons et les fermetures à glissière qu'il s'était contenté de regarder pendant treize longues séances d'essayage.

« Arrête ! », dit-elle timidement en repoussant ses mains.

À nouveau, il ricana.

« Trop tard.

– Il ne faut pas, insista-t-elle. Ce n'est pas le moment. » (Alors qu'elle savait, grâce au plus précieux de tous ces cadeaux, le thermomètre rose offert par Broadbent, qu'elle ne disait pas la vérité. C'était justement le moment.)

Moitié par jeu, moitié sérieusement, il se pencha pour dénouer un ruban avec ses dents.

« Non, écoute... », dit-elle, en s'abandonnant.

Il la singea, en fourrant son nez dans son joli décolleté.

« Non, écoute... »

Elle fut secouée par le fou rire et sa robe tomba. Cela lui paraissait incroyable et pourtant c'était vrai. Sa robe en soie écrue était bien par terre, bouffant autour de ses pieds comme une vesse-de-loup géante. Il lui prit la main, et elle enjamba sa robe, posant le pied sur la couette.

Il la coucha de force. Comment faisait-on pour se concentrer quand on voyait ses désirs exaucés ? Pendant qu'il l'embrassait et la caressait, la tête lui tournait, enivrée par l'amour. Son alliance brillait à son doigt. *Par cet anneau, je m'unis à toi.*

Les élans passionnés de Miguel-Angel lui coupaient le souffle. *Avec mon corps, je t'adore.* Et quand, après le grognement et l'explosion de joie qui vinrent couronner la consommation, il la soulagea enfin du poids de son corps, son pied passa à travers la boîte contenant le carillon de Dublin de la tante de George. *Tous mes biens deviennent tiens.*

Obéissant, il fouilla dans les papiers cadeau froissés et les éclats de cristal.

« *De la part de Victoria et sa famille* », lut-il sur la petite étiquette en papier brun recyclé. *« Avec toute notre affection. »*

Ils se jetèrent à nouveau dans les bras l'un de l'autre, sans savoir si c'était à cause du rire ou de la passion. Quand leurs cœurs se furent calmés, il se leva et tira le premier tiroir de sa commode.

« Bon, il est temps de partir.

– De partir où ?

– En voyage de noces, tiens !

– En voyage de noces ? »

Il se retourna pour la regarder, au moins aussi étonné qu'elle.

« Tu t'attendais à quoi ? »

Son air éberlué montrait qu'elle ne s'attendait à rien du tout. Il hocha la tête en la regardant, toujours stupéfait, puis se remit à fouiller dans son tiroir. Des objets cachés là depuis longtemps tombèrent en pluie autour d'elle : lunettes de soleil, boutons de manchette en or, permis de conduire espagnol, cartes de crédit...

Des cartes de crédit !

Il vit dans le miroir que la stupeur de Barbara n'avait pas diminué.

« Écoute, lui dit-il en s'asseyant et en lui prenant gentiment la main. Il faudrait être fou pour acheter un hôtel sans savoir si c'est ou non une affaire qui tourne bien. Sur les papiers, les chiffres mentent toujours. Les conversations de bar en disent beaucoup plus long. Avant d'acheter, mon père, qui n'est pas fou, m'a envoyé ici.

– Tu es propriétaire de cet hôtel ? »

Alors, il comprit. Elle avait embrassé un crapaud qui se transformait en prince charmant. Et elle était sa princesse.

« Tu n'avais pas deviné ?

– Mais... tu ne m'as jamais rien dit. »

Brusquement, il laissa libre cours à l'énervement dans lequel il avait vécu ces derniers mois.

« Je déteste les mensonges !

– Je suis vraiment très bête, hein ? »

Il embrassa son alliance.

« Mais non, murmura-t-il, tu sais bien que l'amour est aveugle. Mais maintenant, il faut que tu ouvres les yeux. Il y a des tas de choses à voir. »

Il lui raconta tout en descendant l'escalier. Les maisons et les hôtels en Espagne. Les patios et les piscines. Les appartements et les voitures de sport. Et une ribambelle de tantes.

Sa tête se remit à tourner.

« Mais... et mon passeport ? »

Il s'arrêta une seconde avant de franchir la porte de l'hôtel pour sortir le fruit de sa fouille hâtive dans la petite chambre de Barbara à Fellaham, où, loin du regard de sa fiancée, comme le voulait la tradition, il avait mis son costume blanc.

Elle faillit se trouver mal.

Il fit signe d'approcher au taxi qui attendait.

« Une minute, dit-il, en fourrant les billets d'avion dans la main de Barbara, tout en l'aidant à ramasser les pans de sa robe pour s'installer sur le siège arrière. Une petite chose à régler et on s'en va. »

Pendant son absence, le chauffeur de taxi jeta dans le rétroviseur un coup d'œil admiratif.

« Vous partez sûrement à l'étranger ? »

À nouveau, Barbara fut prise de panique.

« Oh, mon Dieu ! Je ne peux pas partir dans cette tenue !

– Pourquoi pas ? Vous êtes superbe ! », s'exclama-t-il d'un ton enjoué, juste au moment où les yeux de Barbara découvraient sur les billets qu'elle tenait à la main la mention : *Première classe* ! »

13

Deux fois le tour des toilettes portatives et retour au point de départ

Après un Charmeur de dragon, Mrs Collett se débarrassa de la housse pour siège de W.-C. et du tapis de bain assorti en les fourrant dans un camélia. Sa fille n'aurait sûrement que faire de ces éléments coordonnés, de toute façon. La vaisselle, le linge de maison, les enfants, si Barbara avait un peu de bon sens, elle ne commencerait jamais à assortir quoi que ce soit.

Lilith se retourna vers le chahut qui régnait autour d'elle. N'était-ce pas Bernard, là-bas, qui jouait les petits chefs en hurlant comme un putois ? « Toi, tu repasses les éliminatoires, allez ! Bunster et Dougie ! J'ai dit en ligne, pas sur la ligne. » En arrivant, Lilith aurait juré avoir vu dans la véranda Andrew Taylor, le garagiste. Elle se trompait peut-être : c'était sans doute leurs anciens amants que les mariées comme Barbara aimaient à assortir de nos jours.

Mrs Collett regarda attentivement le contenu de son verre. Que pouvait-il y avoir dedans ? Elle releva la tête et vit le Señor Lopez de Rego venir à sa rencontre en zigzaguant stoïquement entre les fauteuils roulants dispersés en tous sens. Voulait-il voir ce qu'elle avait fait disparaître dans les camélias ?

« Chère Mrs Collett ! Je suis si content que vous soyez revenue. Encore un petit Charmon de dragueur ? »

Vaillamment, elle essaya de se défendre.

« Oh non, vraiment, je ne pourrais pas. Le premier m'est déjà monté à la tête. »

Le Señor Lopez de Rego insista.

« Allons, pour faire plaisir au nouveau père de la mariée ! »

Lilith jeta autour d'elle des regards désespérés. Ce n'était pas Gillyflower qui viendrait à son secours. Piquée au vif comme d'habitude par la défection d'Angus, mais enhardie par le champagne, elle semblait avoir résolument jeté son dévolu sur un petit groupe de ces amis de Barbara à l'allure douteuse, dont deux s'apprêtaient visiblement à disparaître dans les taillis. Et Victoria, où était-elle ? Repartie chez elle, sans doute. (Elle avait toujours l'excuse des jumeaux.) Mais il fallait dire à sa décharge qu'elle devait étouffer dans sa robe verte : elle la mettait tous les ans en mars pour son anniversaire et l'avait donc doublée d'un tissu assez chaud. Mrs Collett balaya désespérément la pelouse du regard. Qui y avait-il d'autre ? Caspar, bien sûr, qui se tenait à l'écart des problèmes dont il était la cause et fumait tranquillement une cigarette.

Le Señor Lopez de Rego vit les yeux de Mrs Collett s'arrêter sur cet homme distingué en nœud papillon qui écrasait son mégot dans une plate-bande. Peut-être sous l'effet d'un ou deux cocktails de trop – il avait inventé toutes sortes de variantes à la recette de son fils –, il prit la lueur d'hostilité qu'il vit briller dans les yeux de Lilith pour un intérêt naissant. Estimant qu'ils étaient à peu près du même âge et, pour autant qu'il pût en juger, du même milieu, il résolut de faire une faveur à Mrs Collett en lui présentant cet homme, dont il avait malheureusement oublié le nom.

« Mrs Collett, permettez-moi de vous présenter le nouvel homme d'affaire de mon fils. »

Il ne remarqua pas l'air surpris de Caspar. Cette présentation nécessairement protocolaire venait de lui rappeler la facture faramineuse que son fils lui avait glissée dans la main avant de partir pour l'aéroport, et il fouilla dans ses poches à la recherche de son chéquier. En expert, le Señor Lopez de Rego ajouta au montant total le coût de tous les Charmeurs de dragon supplémentaires et de leurs variantes et griffonna le résultat de ses calculs sur un chèque à en-tête dorée en relief, tandis que Caspar et Lilith se voyaient obligés de se serrer la main.

« Tenez, dit-il en détachant le chèque pour le remettre à Caspar. J'espère que cela remet nos comptes à peu près à jour. »

Un simple coup d'œil au chiffre inscrit dans la petite case donna à Caspar une décharge électrique. Dispensé ainsi *in abrupto* de ce qui, il s'en rendait compte maintenant, aurait supposé un acte ignominieux de mendicité de sa part, il était pétrifié par la gratitude. Le Señor Lopez de Rego, dans sa naïveté, pensa que cette torpeur n'avait plus rien à voir avec leur transaction, mais avec un intérêt certain pour les charmes de Mrs Collett.

Le silence fut rompu par une tirade de Bernard.

« Mais enfin, on ne peut pas avoir tous ces gens qui traînent sur la pelouse ! Attachez-les convenablement, s'il vous plaît ! Pas par là, Ellie ! Howard, attention ! »

Gentleman par instinct, le Señor Lopez de Rego profita de la collision de deux chaises roulantes tout près d'eux pour s'éclipser et laisser les choses se faire en leur temps et à leur rythme entre ces deux Anglais compassés et vieux jeu.

Caspar et Lilith restèrent plantés là, gênés, silencieux, tandis que Bernard hurlait ses ordres pour la première demi-finale.

« Flora ! Remonte un peu Otto pour dégager son pied de ce buisson d'épines ! Rosina, vous êtes prête à abaisser le mouchoir ? Joshua, s'il te plaît, arrête de pousser. Et Frou-Frou, qu'est-ce que tu fais dans le fauteuil de Bob ? Où as-tu mis Bob ? Comment ça, dans la haie ? »

Mrs Collett se dit que les choses auraient pu être pires : elle aurait pu avoir Bernard comme gendre.

« Eh bien, voilà ! s'exclama-t-elle enfin joyeusement. C'est fait. Et j'espère que Barbara sera heureuse.

– Elle l'est déjà », lui fit remarquer Caspar.

Cette idée parut si étrange à Mrs Collett qu'elle se réfugia à nouveau dans le silence.

« C'est une chose que j'ai du mal à imaginer, l'entendit-il enfin s'avouer à elle-même. Je crois que je n'ai jamais été heureuse. Jamais. »

De toute évidence, ce n'était pas un effet de rhétorique. Et bizarrement, Caspar éprouva tout à coup l'envie, venue d'on ne sait où, de la réconforter.

« Je crois que c'est inscrit dans les gènes, dit-il. Comme les cheveux roux ou la myopie. On l'est de naissance ou on ne l'est jamais. »

Il eut au dernier moment un remords de conscience professionnelle.

« Mais n'allez pas raconter que c'est moi qui vous l'ai dit. »

Il n'avait pas besoin de s'inquiéter. Elle l'entendait à peine. Bernard avait recommencé à vociférer.

« Derrière les rampes, tout le monde ! Bon ! Écoutez bien les instructions : deux fois le tour des toilettes portatives et retour au point de départ. »

Mrs Collett réprima un frisson. Oui, décidément, les choses auraient pu tourner plus mal. Elle laissa son regard errer sur la rangée de cinglés qui risquaient la mort ou en tout cas de sérieuses blessures dans la dernière demi-finale et s'arrêta involontairement sur une jeune Noire aux longues jambes qui se battait avec Dougie Macpherson pour occuper un fauteuil roulant déglingué.

« Qui est cette belle enfant avec le collier et les bottes noires ? »

Elle entendit distinctement Caspar grogner.

« Cette "enfant" répond au nom de "Frou-Frou". Elle est enceinte de quatre mois. Et de mon fils. »

Visiblement, cela ne le laissait pas indifférent. Quoique maintenant, il était facile de mal interpréter les attitudes des gens. Devait-elle se montrer compatissante parce qu'il allait avoir un petit-fils ou une petite-fille de couleur ? Ou parce qu'une fausse couche risquait de se produire d'un moment à l'autre ?

Pesant soigneusement ses mots, Mrs Collett demanda :

« Seriez-vous plus tranquille si elle renonçait à participer à la prochaine course ? »

Caspar la regarda du coin de l'œil, surpris par la délicatesse de sa question. Il avait toujours pris cette femme pour une raciste invétérée. Il lui fit une réponse inspirée par le fatalisme dont l'avait doté ses années d'expérience.

« Si elle le perd, elle le perd. »

Le besoin de partager son angoisse le rendait un peu plus communicatif que d'habitude.

« Si j'ai bien compris, sur les recommandations de mon fils, elle ne mange actuellement que des aliments jaune vif, pour essayer de transmettre au bébé sa nature radieuse. »

Mrs Collett était scandalisée.

« J'espère que son médecin lui a fait la leçon. »

Caspar soupira et alluma une autre cigarette.

« Apparemment, Frou-Frou ne fréquente pas les médecins. La seule raison qui l'ait poussée à venir me voir, c'est qu'elle n'a pas encore senti l'enfant bouger.

– Ça ne m'étonne pas, dit Mrs Collett en regardant la course partir dans un épouvantable fracas de roues. Le pauvre petit doit guetter désespérément les instants de calme et de repos qu'elle lui laisse. »

En suivant la progression fulgurante de Frou-Frou sur la pelouse, elle eut tout à coup une vision très pessimiste du monde. Vraiment, il y avait des enfants qui n'étaient pas gâtés, avec leurs parents ! C'était à pleurer. Entre les hippies et les excentriques, ceux qui gobaient tout ce que disaient les horoscopes et ceux qui se laissaient embrigader par des sectes religieuses. Pour ne parler que des illuminés. Dans cette cour des miracles, il y avait aussi les voyous. Les assassins, les sadiques, les ivrognes. Il suffisait de lire les journaux une ou deux semaines de suite pour se dire que ses propres enfants avaient eu bien de la chance. Comme Joshua, le fils de Caspar – avec son appartement à moquette saumon, son emploi stable dans l'informatique et son petit coupé sport –, ses quatre enfants à elle avaient eu un bon départ dans la vie. Et comme Joshua, ils en faisaient peu de cas et ils vous laissaient tomber, en plus ! Tory et Gillyflower, après avoir épousé des monstres d'égoïsme, avaient pris le large. En voyage de noces, pour des semaines. Barbara ne s'était même pas donné la peine de dire au revoir à sa mère. Quant à William ! Vu la façon dont il continuait à fréquenter les fourrés avec de parfaits étrangers, elle préférait ne pas y penser.

Mais au moins, jusqu'à présent, il s'était abstenu de ramener un bébé noir !

Pauvre Caspar. Il était bien à plaindre...

Toute la rancœur qu'elle nourrissait à son endroit s'envola, et elle posa sur son bras une main consolatrice.

« Il faudra que vous veniez voir mon joli petit bungalow », lui dit-elle avec douceur.

Maintenant, c'était le tour de Caspar de ne pas entendre un mot de ce qu'elle lui disait. Totalement absorbé par le désir que son petit-fils ou sa petite-fille s'accroche énergiquement à la vie dans le ventre de sa mère, il répondit sans réfléchir :

« C'est très gentil à vous, Lilith. Ça me ferait très plaisir. »

14

Finale

Tapi dans l'ombre dense du sycomore, William observait la scène : sa mère venait de poser la main sur le bras de Caspar et lui parlait à l'oreille. Caspar répondit immédiatement, comme William ne manqua pas de le remarquer, mais sans quitter des yeux un seul instant les fauteuils roulants pour ne pas attirer l'attention sur leur petite conversation intime. Impossible de deviner ce qu'ils se disaient. Mais William vit que le Señor Lopez de Rego, qui passait avec son plateau de cocktails assez près d'eux pour les entendre, adressait un sourire entendu à sa femme debout de l'autre côté de la pelouse. Tout le monde semblait au courant de ce qui se passait, sauf lui.

William se tassa davantage dans l'ombre au moment où une nouvelle bordée de commandements de Bernard annonçait la fin de la course.

« Les gagnants, vous retournez à vos places, s'il vous plaît ! Dougie, tu es éliminé ! Allons, dépêchons ! Et maintenant, *il grand finale* ! »

Rosina sourit gentiment, pensant que Bernard faisait un effort pour parler sa langue. Caspar et Lilith furent obligés de se séparer lorsque les finalistes acharnés, tout en se chamaillant bruyamment sur des questions de tactique, rassemblèrent sur la ligne de départ les dernières chaises roulantes encore à peu près en état de marche. D'un seul coup, Caspar fila vers l'entrée de service de l'hôtel. Tous les autres restèrent debout en cercle, sauf les paralytiques et ceux qui n'en pouvaient plus, lesquels furent proprement alignés le long des parterres, adossés aux arbustes les plus solides.

William partit juste après Caspar. Comme il avançait entre les taillis pour ne pas se faire voir, il faillit trébucher sur deux des drôles d'amis de Barbara qui, ayant trouvé dans un bosquet le tapis de bain en éponge et son dessus de W.-C. assorti, se livraient à une copulation confortable et néanmoins exotique. Dans la confusion des excuses balbutiées de part et d'autre, William recula. Il arrivait au milieu de la zone d'ombre projetée par la balustrade, lorsqu'il fut arrêté dans son élan par la voix de Caspar au-dessus de lui, qui venait de la véranda.

« Non, vraiment, je ne crois pas...

– Mais si, je vous assure que nous nous connaissons ! Vous êtes Mr Hamill, du conseil municipal. Je vous ai reconnu tout de suite. Mais vous avez rasé votre jolie moustache. Ce n'est pas du jeu ! »

William pensa que Caspar avait affaire à un dingue, mais il entendit ce dernier répondre :

« Eh bien, puisque vous êtes là... »

William se hissa sur la pointe des pieds pour regarder à travers la glycine. Il fut stupéfait de constater que l'homme qui avait abordé Caspar n'était autre que l'avoué de l'hôtel, et plus étonné encore de voir cet individu aussi troublé. Ce n'était pas son genre. Il n'avait pas fait tant de manières le jour où il avait licencié William sur-le-champ de son poste de barman. (William ne se rappelait que trop bien la précision diabolique et imparable de ses accusations durant cette entrevue extrêmement désagréable, et mieux encore de ses menaces non déguisées, lorsque William, en sortant, avait osé parler d'indemnité pour licenciement sans préavis.)

Caspar, en revanche, semblait parfaitement savoir à qui il avait affaire. Comme quelqu'un qui se trouve coincé par le délégué d'une œuvre de charité, il avait déjà mis la main à sa poche pour sortir son portefeuille. William s'installa plus confortablement sur le sol. Il connaissait les chapelets de paroles affables que débitait Caspar au vu d'une facture. « ... Bien entendu, j'aimerais pouvoir verser un acompte dès maintenant... quelques jours pour me laisser le loisir d'étudier en détail... la totalité à la fin du mois... »

Mais William n'entendit qu'un simple bruit de papier ! Il se releva. Oui, c'était bien cela. Caspar remettait un chèque à l'avoué.

Et il n'avait même pas l'air sombre.

« Un bien beau mariage ! » Puis il ajouta, mystérieusement : « Qui vaut bien jusqu'à la dernière peseta ! »

La stupéfaction de l'autre vira au respect lorsqu'il examina le don de Caspar.

« Diable ! »

William, non moins impressionné, se replia dans l'ombre. Il avait vu le chèque très distinctement. Ce n'était manifestement pas celui d'un compte de quatre sous. Papier vélin, gaufrage doré, il n'avait jamais rien vu de pareil. Drôle de journée ! Sa mère de mèche avec son amant. Son jardin vendu. Et le produit de la vente (de l'argent avec lequel il aurait pu lancer sa chaîne de restaurants) mis sur un compte secret. Jusqu'à quel point pouvait-on être atteint par le poison d'une trahison ? Et quelle profondeur devrait avoir la fosse dans laquelle il enterrerait ses derniers espoirs ?

William se glissa furtivement jusqu'à la table sur laquelle le Señor Lopez de Rego avait installé sa petite fabrique de Charmeurs de dragon et de leurs variantes. Il n'y avait plus de citrons verts. Ni de rhum des Caraïbes. Et un mégot flottait dans ce qu'il restait de Triple Sec. Mais William fit de son mieux. Il fut obligé à un moment d'échanger quelques politesses avec Frou-Frou venue chercher un verre de limonade, alors que Bernard la sommait de revenir sur la ligne de départ. Elle insista pour lui faucher son premier Charmeur de dragon d'un jaune blafard. Au bout d'une ou deux gorgées, elle se caressait l'estomac, visiblement au comble du bonheur. Heureusement, William eut la présence d'esprit de lui reprendre son verre des mains.

Deux cocktails plus tard, même les rafales de joyeux hurlements en provenance de la pelouse n'auraient pu le détourner de son objectif. Dans ce vacarme, personne n'entendit le moteur de la pelleteuse revenir à la vie. William était un conducteur notoirement inexpérimenté, ce que venaient régulièrement corroborer des suspensions de permis. L'avantage était que, contrairement aux autres, il ne se souciait pas le moins du monde de savoir quel était l'effet de l'actionnement des pédales et des leviers (il ne s'occupait pas du tout des boutons) sur sa progression. La pelleteuse descendit l'allée avec des grondements maladifs. Elle avançait si lentement qu'il était facile de la diriger. Et quoique le moteur semblât fournir un effort beaucoup plus grand que nécessaire pour descendre la pente douce par laquelle on quittait le Partridge et parcourir le bout de chemin jusqu'à l'entrée voisine, William décida de laisser toutes les manettes exactement comme il les avait trouvées. Par contre, arrivé dans l'allée très étroite qui menait à la grille de chez sa mère, il dut faire preuve d'un certain niveau d'adresse et d'invention.

On ne pouvait pas vraiment appeler cela un demi-tour en trois manœuvres. Mais, sans tenir compte du temps nécessaire pour l'effectuer, cela relevait du même principe. Il s'approcha bientôt, avec force couinements, des massifs d'arbustes. Où allait-il s'entraîner ? Sur le vieux court de tennis ? Dans ce qui avait été l'allée bordée de lavande ? Ou sur le gazon ?

Oh, et puis à quoi bon s'entraîner ? Pourquoi ne pas commencer directement le long de la ligne de bornes et travailler ensuite transversalement ? Comme avec toutes les techniques qu'il avait acquises au fil des années – jonglage, ferronnerie, cuisine –, il ferait des progrès bien plus vite qu'on ne pouvait le penser. Il aurait certainement pris le coup de main – pour abaisser la pelle mécanique, arracher une assez grosse pelletée de terre et la jeter sur le côté – avant d'arriver au mur mitoyen.

Bien sûr, il ne s'attendait pas à ce que l'un d'eux prît la peine de lever la tête pour regarder par-dessus le mur. Jusqu'à présent, personne n'avait remarqué son absence. Il avait entendu : « Dougie, retourne sur la ligne ! » et « Rosina, le mouchoir ! » plusieurs fois au cours des deux dernières heures. Pas une fois il n'avait entendu : « Où est William ? »

Arrête ! se dit-il. Arrête ! Parmi les résolutions qu'il venait de prendre, il y avait celle de ne plus s'apitoyer sur lui-même. Toute sa vie, il s'était nourri et consolé en utilisant cette exécrable habitude. Maintenant, fini de pleurnicher. Stop. Fi-ni ! De toute façon, ce n'était pas inné chez lui. Il avait copié ça sur sa mère par inadvertance. Mais oui ! Il se souvenait même qu'une nuit, en allant aux toilettes, il s'était arrêté un instant sur le palier, devant la porte de la chambre de ses parents, en entendant siffler cette phrase fielleuse : « T'apitoyer sur toi-même, c'est le seul plaisir qui t'intéresse maintenant, n'est-ce pas, Lilith ? » Et Hector avait raison. Cette habitude solidement ancrée chez elle de toujours se replier sur soi sans jamais regarder au-dehors l'avait empêchée de voir les autres tels qu'ils étaient réellement et non comme elle voulait les imaginer. « Je soupçonne Tory de désirer secrètement un autre enfant, c'est George qui l'en empêche. » « Je suis sûre que William n'est pas aussi “homo” qu'il le pense. » Curieuse façon de vivre en dépensant la plus grande partie d'une énergie considérable à échafauder de fausses interprétations, et le reste à obliger les autres à faire semblant de vous croire. C'était une incommensurable perte de temps et d'effort, comme ces après-midi entiers passés à surveiller William jusqu'à ce qu'il eût avalé les dernières bouchées de son déjeuner. (Aujourd'hui encore, il suffisait qu'on lui mette un plat de maquereaux sous le nez pour qu'il ait des haut-le-cœur.) Mais était-ce vrai, ce qu'on disait des habitudes ? Qu'avant d'être des chaînes elles ne sont d'abord que d'infimes toiles d'araignée. Sans aucun doute, s'il y mettait du sien, son vrai moi parviendrait à reprendre le dessus, même s'il devait, pour ce faire, tordre le cou aux schémas de toute une vie. Sans aucun doute, il pouvait mettre fin à cette comédie comme à n'importe quelle autre. Trente-six mille fois elle lui avait dit : « Nous sommes pareils, toi et moi, William. Deux petits pois dans la même cosse. » Il s'était toujours contenté de sourire. Que savait-elle de lui ? Absolument rien. À quoi bon discuter ? Mais maintenant, presque trop tard, il se rendait compte que sa complaisance avait assuré à sa mère une victoire totale. Le simple fait d'évoquer cette affirmation familière lui fit crisper les doigts sur les leviers, et, comme à l'âge de dix ans dans la cour de récréation, il eut envie de crier : « C'est pas vrai ! Retire ce que tu viens de dire ! C'est pas vrai ! »

Reprends-toi, William. Détends les épaules. Expire lentement. Prends ton temps. Rappelle-toi, tu as fait un vœu. Comme Barbara, il avait progressé. Il n'y aurait plus de larmes, plus d'égarements, plus de crises de rage. Désormais, il cheminerait dans la lumière du détachement, où joies immenses et douleurs intenses ne seraient plus que des déchets du passé – qui avaient été nécessaires, sans doute, à un moment de sa vie, mais plus maintenant. Rien ni personne ne le ferait retomber dans des sentiments extrêmes. Il apprendrait à apprécier l'indifférence. Il y avait mis le temps mais enfin, enfin, il avait grandi. Il avait perdu quelque chose mais en échange il avait gagné une chose infiniment précieuse : une éblouissante paix intérieure.

Son sourire béat persista malgré les craquements de la boîte de vitesses, les gémissements du moteur qui accélérait puis la chute assourdissante comme un séisme de la mâchoire mécanique. Son excursion trépidante le long des bornes laissait dans son sillage une bande de terre brune. Son enfance dégringolait de part et d'autre des tranchées qu'il ouvrait. Sur ce gazon qu'il éventrait, il avait d'abord appris à marcher, puis à faire des galipettes et enfin des enchaînements de roues. Sur ce qui n'était plus maintenant que des monceaux de terre retournée, il avait passé des heures allongé à faire semblant de réviser un examen, attendant en réalité que les gros nuages ourlés d'argent, qui voguaient majestueusement en file au-dessus du sycomore, dévoilent le soleil avec ses merveilleux arcs-en-ciel qui vous remplissaient les yeux et sa délicieuse chaleur qui s'infiltrait jusqu'aux os. À l'endroit précis où il tournait maintenant avec la pelleteuse, il avait appris en revenant de l'école que sa nouvelle portée de chatons était partie pour une « bonne maison ». Il s'était jeté par terre, aveuglé par les larmes et avait senti dans l'herbe le cercle humide laissé par le seau qui avait servi à les noyer. Près du *laburnum* où il creusait maintenant son chemin dévastateur, elle l'avait battu comme plâtre pour avoir simplement répété, à propos du mari alcoolique de Mrs Philimore, une rumeur qu'il avait entendue la première fois de sa bouche à elle. Le jardin était plus densément peuplé en souvenirs qu'en plantes, mais tous ces souvenirs étaient en train de sortir de terre. Allez, ouste, dehors ! La pelleteuse les extrayait de force et les jetait sur le bas-côté. Ils ne l'importuneraient plus. Les souvenirs comme les sentiments devaient être extirpés du nouveau William issu de cette grande réforme. Ces spectres rebelles, de toute façon, ne l'intimidaient plus. Pour tout le monde, les premières années de la vie étaient émaillées de frustrations et de blessures, et aucune frustration ni aucune blessure n'est anodine pour celui qui en est victime. Caspar avait raison. Pour la plupart des gens, l'enfance est cruelle. Il n'y a qu'à lire les journaux tous les jours pendant une ou deux semaines pour voir combien on a été heureux. La moitié des enfants du monde naissent dans des familles qui ont à peine de quoi les nourrir et les habiller. (« On te forçait à finir ton assiette ?

Tu en as eu, de la chance ! ») Il fallait voir la maison où Caspar avait grandi. Mon Dieu ! Caspar avait pourtant gardé un air serein en regardant ce trou à rat suintant d'humidité. Même de là où ils se trouvaient, au coin de l'allée, il était évident que, de la fenêtre que Caspar montrait du doigt, on ne pouvait rien voir d'autre qu'un mur de briques. Pouvait-on comparer le malheur d'un enfant à celui d'un autre ? Qu'était une enfance passée devant un mur de briques en regard des années enchanteresses qu'il avait vécues dans ce jardin fabuleux ?

Fabuleux, il l'était beaucoup moins maintenant. La pelleteuse avait eu vite fait de broyer dans ses mâchoires les efforts constants de Mère Nature. William se tourna sur son siège pour regarder derrière lui. C'était un étonnant spectacle de désolation. Le jardin était à moitié anéanti. On ne reconnaissait le Domaine qu'à son immuable sycomore sans âge.

Le sycomore ! Bon Dieu ! Comment allait-il le contourner à présent ? Les tas de terre que la pelleteuse avait rejetés obstruaient tout un côté du chemin. Ses demi-tours effrénés avaient creusé des tranchées beaucoup plus hautes que la normale. Impossible pour le novice de savoir si l'engin pourrait franchir ce remblai ou s'il se planterait au sommet pour basculer peu après. Mieux valait l'arrêter tout de suite (seulement, dans la panique du moment, il était incapable de se rappeler comment il l'avait mis en route).

« William ! »

La pédale qu'il avait prise jusqu'alors pour une sorte de frein s'avéra hélas inopérante lorsqu'il appuya dessus. La pelleteuse se dirigea droit sur l'arbre.

« William ! Pour l'amour du Ciel ! »

Il n'arrivait pas à déterminer qui, dans la foule de tous ceux qui beuglaient à son adresse par-dessus le mur, pouvait avoir une voix assez stridente – ou désespérée – pour l'atteindre. Ou, plutôt, qui était assez stupide pour ne pas comprendre qu'il n'avait pas vraiment de choix. La seule chose qu'il pouvait faire c'était d'essayer de donner une direction à cette foutue machine. À gauche, il fonçait sur le garage – *crac* –, à droite, il catapultait une levée de terre – *boum* – ou le tronc du sycomore – *Vlan ! frash !*

À quoi bon se casser la tête à choisir ?

Quand William atteignit l'ombre de l'arbre, ce fut son instinct de survie qui prit les rênes. La pelleteuse fit une telle embardée à gauche qu'il faillit être éjecté du petit siège baquet. Les portes du garage s'ouvrirent comme un fruit mûr et lorsque l'engin embrocha les deux carcasses de bois et les fit éclater, les vieux outils d'Hector rouillés par le temps jaillirent comme des éclats d'obus vers les rangs des spectateurs, les obligeant à plonger derrière leur rempart.

« William ! Freine ! Pour l'amour du Ciel ! »

Il essaya encore, tirant des boutons, poussant brutalement des leviers, écrasant ses pieds de toutes ses forces sur toutes les pédales les unes après les autres. Neuf mètres de vieux mur se soulevèrent en une énorme vague parfaite, offrant aux invités dont la condition physique excluait toute tentative d'escalade, d'une part une vue sur ce qui se passait et d'autre part, en ce moment particulièrement périlleux, une issue pour fuir. William tira une autre manette, ce qui eut pour seul résultat d'enfoncer la monstrueuse mâchoire d'acier encore plus profondément dans le sol et selon un angle encore plus critique. L'engin s'arrêta net alors que son moteur continuait à tourner follement. Tout le monde regarda avec stupeur une multitude de petites pierres colorées jaillir comme des confetti. Les jolis fragments scintillants restèrent longtemps en suspens dans l'air avant de retomber en décrivant des arceaux verts et bleus.

William renversa sa tête en arrière. Hypnotisé, il regarda les joyaux scintillants retomber à terre en tournoyant. Il ne savait pas grand-chose de ce qui était enfoui à plusieurs pieds sous terre, mais il comprit que c'était d'Histoire qu'il s'agissait. Ces minuscules tessons de mosaïque devaient être enterrés là depuis des siècles. Le passé retombait sur lui en pluie. Brisé. Détruit. C'était un signe. Si quelque chose gisant sous terre depuis des lustres pouvait être aussi aisément déraciné, c'était le signe que lui aussi pouvait recommencer de zéro.

Épuisé, William s'affala sur le volant. C'était fini. Ses doigts qu'il avait crispés sur les leviers pour se maintenir en équilibre en dépit des vibrations de la machine se relâchèrent. Le vrombissement dément du moteur se réduisit à un ronronnement de ralenti. William remarqua à peine le beau-père de Barbara qui grimpait à côté de lui en chantonnant gaiement de sa voix de ténor une chanson inconnue dans une langue étrangère, tandis que ses doigts courtauds et ridés poussaient un bouton ici, tiraient un levier là. Les pelleteuses grâce auxquelles cet Espagnol travailleur avait fait fortune pour la première fois (en plantant des hôtels le long d'un littoral encore vierge) étaient des modèles légèrement différents, mais il en fallait plus pour dérouter quelqu'un d'aussi débrouillard. Certains des hommes qui travaillaient pour lui à l'époque étaient de vrais cinglés. Il en avait vu bien d'autres. Ce garçon avait opéré de la façon la plus désordonnée, sans aucune logique. (Pendant un court instant, le Señor Lopez de Rego avait même eut très peur pour l'arbre.) Mais il avait le mérite d'être resté du bon côté de la rangée de bornes, et de toute façon, toute cette partie devait être entièrement remaniée. Son projet était ambitieux. Les jolis petits chalets seraient presque invisibles dans le jardin secret éternel, luxuriant et un rien désuet. Il y aurait une rocaille, des allées sous des tonnelles de roses et peut-être même ce joli bassin en pierre que Rosina avait remarqué sous un tas de manteaux de cheminées dans une brocante à Fellaham le matin même, lorsqu'ils flânaient pour tuer le temps avant le mariage. Et il y aurait des plantes grimpantes partout. Des plantes grimpantes et rampantes, de la verdure à foison. Et des lilas. Il adorait ces lilas anglais au parfum si doux. Barbara l'aiderait à faire les plans. Toutes les Anglaises excellaient, disait-on, dans l'art d'aménager les jardins. Il lui demanderait aussi si elle pensait qu'on pouvait faire pousser une vigne vierge dans l'ancienne serre quand on l'aurait restaurée. Et comment s'appelaient ces beaux arbres qui croulaient sous les fleurs tous les étés ? Aucune importance. Barbara le saurait. Il en planterait tout un bosquet là où son frère venait d'arracher tous ces troncs d'arbres mutilés.

Mais il aurait tout le temps d'y penser plus tard. Pour l'heure, il devait faire descendre ce jeune homme de l'engin sans dommage. L'excitation du mariage de sa sœur (et les fabuleux Charmeurs de dragon de Miguel-Angel) était visiblement montée à la tête de ce convive un peu spécial.

Le Señor Lopez de Rego fit un petit signe de la main à Caspar. Celui-ci se frayait déjà un chemin parmi les derniers invités qui n'avaient pas encore osé franchir la brèche ouverte dans le mur. Certains étaient debout, d'autres dans leur chaise roulante, d'autres encore accroupis dans les parterres. Il le regarda avancer sur le terrain fraîchement éventré, à pas choisis pour ne pas salir le bas de son pantalon. Cet homme était assez raisonnable. Il sortirait le garçon de ce mauvais pas et le remettrait sur pied. Et faire l'effort de prendre le fils en main ne pouvait être que bénéfique à la cour qu'il faisait à la mère.

« À vous de jouer », dit le Señor Lopez de Rego à Caspar.

Caspar leva la tête vers William.

« William ? » appela-t-il d'une voix douce.

William baissa la tête vers Caspar.

Le Señor Lopez de Rego avait un don naturel pour garder un visage neutre en toutes circonstances, un don que ses années d'expérience dans l'hôtellerie avaient parachevé. Il fut néanmoins choqué par l'affection avec laquelle l'homme d'un certain âge tendit les bras à son cadet. Et plus encore par la façon dont William s'y abandonna. Ses soupçons trouvèrent confirmation dans leur trop longue étreinte. Mais, ne voulant surtout pas jouer les rabat-joie le jour du mariage de son fils avec des conjectures aussi déplaisantes, le Señor Lopez de Rego glissa à bas de la pelleteuse et se mit en devoir d'aller aider sa femme qui, avec Bunster et Dido, essayait d'installer les patients de Barbara les plus prostrés sur les plus solides des fauteuils roulants qui restaient. Avec quelques points de soudure par-ci par-là, on pourrait certainement réparer les deux ou trois carcasses métalliques qui gisaient alentour. N'avait-il pas vu un fer à souder voler dans les airs et atterrir dans un buisson de houx ? Et là-haut, dans cet arbre, n'était-ce pas du fil à souder ? Content comme toujours d'avoir quelque chose à faire, le Señor Lopez de Rego glana dans le tas de gravats les outils d'Hector qui pouvaient lui servir et se dirigea vaillamment vers le mur.

Caspar ôta un petit fragment de mosaïque bleue des cheveux de son amant. Ce grand héritage historique avait-il encore quelque valeur ? Le Señor Lopez de Rego ne l'avait même pas remarqué. Tory était partie. Gilly, bien entendu, ne prendrait pas parti si cela devait faire des histoires. Et à voir l'air soulagé de Mrs Collett, elle était ravie d'être débarrassée de ce lamentable bazar. Tant pis pour l'éternel et l'inestimable ! C'était comme toujours le bon vieux « ici et maintenant », « l'imparfait et le vulnérable » qui s'emparaient du cœur ouvert à l'amour. Il leva tendrement le menton de William pour voir dans quel état il était. Pâle comme un asticot et sale comme un peigne après ce combat contre le jardin. Mais aucune trace de larmes. Grands dieux ! Son petit William chéri était-il devenu de pierre ? Lui accorderait-il son pardon ? Caspar entendait résonner à ses oreilles la déclaration pleine d'affection que lui avait faite Barbara : « Caspar, je suis sûre que tu sais toujours exactement ce dont il a besoin. » Quelle chic fille ! Mais elle s'était peut-être trompée.

Rongé par la culpabilité, Caspar recula et attendit la sentence. Non moins coupable, William tourna les yeux vers lui. Il savait ce que pensait Caspar. Qu'il y aurait des torrents de larmes, des ouragans de rage, des nuits de cauchemars alimentés par l'alcool. Comment avait-il pu supporter cela pendant tant d'années ? Il avait dû vivre un véritable enfer. Était-il un saint, comme Barbara ? Comment expliquer sinon qu'il pût continuer à se battre, qu'il osât encore prendre un risque inouï, désespéré, pour extirper le mal à la racine et guérir son cœur, tout comme Barbara, si elle en avait eu le pouvoir, eût guéri ses handicapés et les eût fait marcher ?

Mais Caspar se trompait. Tout cela était fini. Il avait devant lui un autre William, qui prit des doigts aimés le morceau de mosaïque et le serra dans sa main, comme une des pierres précieuses de Barbara, comme le gage d'un nouveau départ. Caspar se rendait compte qu'il avait enfin grandi, comme tout le monde, et laissé son enfance derrière lui. Ils franchiraient ensemble le portail du Domaine et, comme d'habitude, avant même qu'ils aient atteint la bretelle d'entrée de l'autoroute, Caspar lui aurait pardonné.

Ils auraient l'avenir devant eux, bien tracé, comme la route.

COMPOSITION : CHARENTE -PHOTOGRAVURE À L'ISLE D'ESPAGNAC
IMPRESSION : SOCIÉTÉ NOUVELLE FIRMIN-DIDOT AU MESNIL-SUR-L'ESTRÉE
DÉPÔT LÉGAL : MAI 1995. N° 072 (30828)